DANIELA ARNOLD

DAS RABENHAUS

EIN WOCHENENDE
MITTEN IM WALD
DIE PERFEKTE FALLE

PSYCHOTHRILLER

86179 Augsburg, Almenrauschstr. 6a

www.daniela-arnold.com

Umschlaggestaltung: Kristin Pang

Collage mit Motiven von Shutterstock.com: 1777646930 (Junge) JACEK SKROK, 2250580785 (Himmel) Bernulius. stock.adobe.com: 594897990 (Haus im Wald) ArtStage, 283042369 (Schatten im Fenster) Katja, 334202798 (Struktur in Typo)Romain TALON

Lektorat: Inca Vogt

Korrektorat: Ilka Bredemeier

Buchsatz/Innendesign: Inca Vogt

Motive von Depositphoto: (Haus im Wald) 521394588, (Strichmann Cartoon) 227673740, (Rabe) 577329614

ISBN: 9798326679307

Imprint: Independently published

ÜBER DIE AUTORIN

Die Thriller-Autorin Daniela Arnold wurde 1974 geboren und lebt mit ihrer Familie im schönen Bayern. Daniela Arnold hat Journalismus studiert und viele Jahre als freie Autorin für zahlreiche und namhafte Zeitschriften gearbeitet.

Sie schrieb mit ***Lügenkind*** und ***Scherbenbrut*** zwei Kindle-Top 1 Bestseller und Bild-Bestseller.

Mit ihrem Thriller ***Die Nacht gehört den Schatten*** schaffte es die Autorin unter die Finalisten des Kindle Storyteller Award 2020.

Das Rabenhaus ist der 48. Thriller der Bestseller-Autorin.

Eine nette Einladung.
Zu einem Wochenende in der Natur,
mitten im tiefen Wald.
Die perfekte Falle!

Es soll die Krönung ihres Familienurlaubs werden ...
Ein Wochenende mit neuen Freunden, auf einer wunderschönen Insel im Norden Deutschlands. Doch das zu Anfang ausgelassene Miteinander der Freunde nimmt eine schockierende Wendung.

Die Stimmung kippt, als eines der Kinder eine unglaubliche Anschuldigung in den Raum stellt. Plötzlich geht es nur noch um die Antwort auf die elementarste aller Fragen:

Wer von ihnen wird die Insel lebend verlassen?

Für meine alte Schulfreundin C.

Ich weiß, du liest meine Bücher nicht, weil du Thriller nicht ausstehen kannst. Zu viel Gewalt, zu viel Finsternis, zu viel Angst. Doch ich weiß auch, dass du irgendwie hiervon erfahren wirst … Und du sollst wissen, wie glücklich ich bin, dass wir beide uns nach all den Jahren nicht fremd geworden sind.

Viele hundert Kilometer Distanz, zwei Leben,
vollgepackt mit Verpflichtungen.
Und dennoch …

Da ist noch immer dieses WIR, das all den Jahren getrotzt hat, diese besondere Verbindung, die wir auch früher schon hatten. Wir sind noch immer dieselben … Die zwei verrückten Mädchen von damals, die zusammen durch dick und dünn gingen.

AUF UNS!

PROLOG

Ihre Augen wurden schwer, alles um sie herum schwand, ihr Kopf sackte auf das kleine Pult, das sie mit ihrer Sitznachbarin teilte. Der Stoß, den diese ihr in die Rippen versetzte, rettete sie gerade noch vorm Einschlafen.

»Sie hat dich was gefragt«, raunte Anja, die alle nur *Frettchen* nannten, ihr zu.

Sie räusperte sich, richtete sich erschrocken auf.

»Du hast wieder einmal nicht zugehört, nicht wahr?«

»Entschuldigung«, murmelte sie und senkte schuldbewusst den Blick.

»Diesmal nicht, Fräulein«, kam es von Frauke Hellmann, Referendarin an der Schule, seit diesem Jahr ihre Klassenlehrerin. »Ich möchte dich heute nach dem Unterricht sprechen. Und richte dich schon einmal darauf ein, dass es später als üblich wird.«

Sie sah auf, starrte die Lehrerin entrüstet an. »Das geht nicht. Meine Mutter macht sich Sorgen, wenn ich später nach Hause komme.«

»Dann überleg dir, wie du ihr dein Zuspätkommen mitteilen kannst. Ich bin sicher, dir fällt was ein.« Sie nickte ihr noch mal streng zu und wandte sich wieder der

Klasse zu. »Und jetzt erwarte ich, dass einer von euch die Frage beantwortet, deren Antwort uns Fräulein Schmidt schuldig geblieben ist. Irgendwelche Freiwilligen?«

Ute Lassen, die Streberin der Klasse, meldete sich.

Frauke Hellmann nickte ihr zu.

Ute sprang auf, setzte zu einer Antwort an, als lautes Krachen alles übertönte. Es kam von draußen. Einige Schülerinnen schrien vor Schreck auf, andere zuckten zusammen, einige hielten sich die Ohren zu.

»Was zum Fick war das?«, rief Oli, der Klassenrüpel.

»Hat sich wie Schüsse angehört«, meinte sein Kumpel Eddy.

Weitere Schreie ertönten, sie kamen von außerhalb des Klassenzimmers, während hier drinnen das Chaos ausbrach. Schüler sprangen auf, drängten zur Tür. Frauke Hellmann kam ihnen zuvor, blockierte diese mit ausgebreiteten Armen.

»Wir bleiben hier«, schrie sie über den Lärm hinweg. Ihre Stimme zitterte und es war ersichtlich, dass auch sie schreckliche Angst hatte. »Setzt euch bitte wieder auf eure Plätze, ich werde die Tür abschließen«, sagte sie und eilte zum Lehrerpult. Dabei behielt sie die Tür im Blick, damit keiner ihrer Schüler nicht nach draußen lief. Sie nahm den Schlüsselbund vom Pult, eilte damit wieder zur Tür. Dort steckte sie ihn mit immer noch flatternden Händen ins Schloss, drehte zweimal herum und atmete auf.

Nach einem Blick über die Schüler, die sich alle wieder zu ihren Bänken begaben und sich teils hinter ihren umgekippten Tischen verschanzt hatten, zog sie ihr Handy hervor, wählte den Notruf.

»Mein Name ist Hellmann«, stieß sie aus, nachdem sich offenbar jemand gemeldet hatte. Für den Bruchteil einer Sekunde schloss sie die Augen. »Ich bin Lehrerin der Gesamtschule in Ahlbeck und wir brauchen hier dringend Hilfe. Jemand ist im Gebäude und feuert mit einer Waffe um sich. Bitte, Sie müssen, so schnell es geht, herkommen.«

Anja, die es den anderen gleichgetan hatte und hinter der Schulbank kauerte, winkte ihr zu. »Ernsthaft? Ist das so was wie eine Übung?«

Doch so ängstlich wie Frauke Hellmann dastand mit ihrem Handy in der Hand, sah es für keinen der Schüler nach einer Übung aus. Ihre Lehrerin schien nicht zu wissen, was sie machen sollte.

»Sie müssen sich auch verstecken«, rief eine der Schülerinnen ihr zu. Aber Hellmann reagierte nicht, als stünde sie unter Schock.

Als die Türklinke sich nach unten bewegte, schien sich ein Vakuum im Raum auszudehnen.

»Von wegen Übung«, stieß eine weitere Schülerin aus. »Das ist scheißernst.«

Anja, ihre Banknachbarin schnappte panisch nach Luft und nickte Fabienne zu, die hinter der Bank schräg gegenüber kauerte. Sie sah mittlerweile aus, als müsste sie sich vor Angst übergeben.

Ein weiteres Krachen ertönte. Kein Schuss diesmal.

Es klang, als würde jemand mit Wucht gegen die Tür treten. Dann wieder und wieder ...

Schließlich barst das Holz im Rahmen, machte den Blick frei auf eine Gestalt in Tarnkleidung, die sich durch die zerborstene Tür zwängte. Er trug eine Sturmhaube auf dem Kopf, sodass man sein Gesicht nicht sehen konnte.

Sie kroch tiefer hinter ihre umgestürzte Bank, sah, wie Anja leise schluchzte, und war versucht, ihr den Mund zuzuhalten. Sie tat nichts, hielt sich nur selbst den Mund zu, damit kein Laut daraus entweichen konnte.

Eine ihrer Klassenkameradinnen schrie auf, als der

Kerl durch die Reihen ging und auf die immer noch stocksteif dastehende Lehrerin zusteuerte.

Er blieb vor ihr stehen, sein Brustkorb unter der Tarnkleidung bewegte sich heftig, als würde er tief Luft holen. Dann zerfetzte ein lauter Knall die Stille im Raum.

Ein paar ihrer Mitschüler kreischten entsetzt, als Frauke Hellmann in sich zusammensackte und reglos am Boden liegen blieb.

Oli, der sonst immer und überall die große Lippe schwang, zitterte mit Fabienne um die Wette.

Der Maskierte trat mit dem Fuß gegen Frauke Hellmann, grunzte zufrieden.

Dann marschierte er weiter, sah hinter jede Bank, bis er Adrian entdeckte und vor ihm stehen blieb.

Sie kannte den Jungen kaum, wusste nur, dass er Torwart in der Schulmannschaft war. Ein Weiberheld, von dem es hieß, dass er jede Woche ein anderes Mädchen hatte.

Wieder ein Krachen.

Das Kreischen von Adrians Sitznachbarin ging in ein verstörtes Wimmern über.

Aber es fiel kein weiterer Schuss mehr.

Gott sei Dank, dachte sie bei sich. Sie sah Anja an, nahm deren zitternden Hände in die ihren, schloss die Augen.

Sie war noch nie besonders gläubig gewesen, doch in diesem Augenblick schickte sie ein stummes Gebet nach oben. Sie konnten jetzt wirklich jede Hilfe brauchen …

Die Schritte des Mannes kamen näher.

Als sie die Spitzen seiner Schuhe unmittelbar neben ihrer Bank sah, überkam sie eine so heftige Welle der Übelkeit, dass sie würgen musste.

In Gedanken verabschiedete sie sich von ihren Eltern, von ihrem Bruder, von ihrer besten Freundin, die heute glücklicherweise wegen einer Grippe hatte zu Hause bleiben müssen.

Der Kerl machte einen weiteren Schritt, bis er genau vor ihr stand.

»Bitte«, brachte sie hervor, hob schützend die Hand empor … »Bitte, wir haben Ihnen doch nichts getan.«

Der Kerl sah sie durch die Schlitze der Sturmhaube durchdringend an und sie hatte das Gefühl, diese Augen zu kennen.

Gut zu kennen.

Als er seine Hand hob und sich das Wollding vom Kopf zog, durchbrach ein Schrei die unheimliche Stille im Raum.

Verzögert begriff sie, dass sie selbst geschrien hatte. Sie starrte den Mann an … der eigentlich nur ein Junge war. Er hielt die Waffe noch immer in der rechten Hand, jedoch nicht auf Anja und sie, sondern nach unten gerichtet.

»Ich verstehe nicht«, stammelte sie erstickt, »was bedeutet … wieso hast du ...« Sie brach ab, barg ihr Gesicht in den Händen, weinte hemmungslos.

Als sie eine Berührung am Handrücken spürte, ließ sie die Arme sinken, starrte den Jungen an. Er war vor ihr in die Hocke gegangen, lächelte sie wehmütig an.

Sie hatte schon so oft in diese Augen gesehen, kannte jeden Zug seines Gesichts, hätte es malen können.

»Warum tust du das?«, fragte sie mit erstickter Stimme.

Er seufzte. »Ich glaube, das weißt du«, gab er knurrend zurück.

»Dad wird dich dafür hassen«, stieß sie aus. »Vielleicht sogar umbringen.«

Ihr Bruder schüttelte den Kopf. »Dad wird nie wieder auf mich losgehen oder mich fertigmachen. Mom wird niemals wieder alles dulden oder einfach zusehen, wenn das Dreckschwein mich erniedrigt.«

Sekundenlang starrten sie einander in die Augen, dann donnerte die Erkenntnis wie ein weiterer Schuss in ihr Bewusstsein. Ein Wimmern entwich ihr. »Sind sie … hast du sie …?«

Ihr Bruder verzog das Gesicht zu einem Grinsen, nickte. »Ich hab alle abgeknallt, die Schuld daran haben, was mit Sascha passiert ist. Jeden Einzelnen, der mich deswegen fertiggemacht hat. Alle bis auf die beiden Penner, die heute Morgen wegen einem Schnupfen ihre Ärsche nicht aus der Kiste bekommen haben.« Er seufzte, wiegte die Waffe unschlüssig in der Hand, hob die Schultern. »Egal«, sagte er, lächelte sie an. »Die Bullen sind bestimmt gleich da, also bringe ich es jetzt besser zu Ende.«

»Bitte«, stammelte sie, »tu mir nichts.«

Er zuckte vor ihren Worten leicht zurück, verzog das Gesicht. »Ich würde dir niemals auch nur ein Haar krümmen«, flüsterte er. »Ich liebe dich, das weißt du doch. Du hast immer zu mir gehalten, du bist die Einzige gewesen, die für mich da war.«

Er senkte den Kopf, holte tief Luft.

Als er sie wieder ansah, hatte er Tränen in den Augen.

In der Ferne vernahm sie die Sirenen des herbeieilenden Polizeiaufgebots.

»Leg die Waffe weg«, sagte sie fest, sah Thomas an. »Du musst dich stellen, bitte! Dann wird alles gut!«

Ihr Bruder runzelte die Stirn, sah sie an, als hätte er ein Kleinkind vor sich. »Ich habe acht Menschen erschossen, Schwesterherz. Rein gar nichts wird jemals wieder wirklich gut für mich.« Er stand auf, holte tief Luft, setzte die Waffe unterhalb seines Kinns an.

Ein letztes Mal richtete er seinen Blick auf sie.

»Ach, noch eins, das Foto«, sagte er gehetzt, »ich hab nicht herausgefunden, wer es gemacht und aufgehängt hat. Kümmer du dich darum.«

Sie wollte nach oben springen, ihm die Waffe entreißen, doch ihre Muskeln gehorchten ihr nicht mehr.

Ein weiteres Krachen ließ den Raum erzittern. Dann sackte ihr Bruder vor ihr auf dem Boden zusammen, seinen leeren Blick auf sie gerichtet, als wollte er sich vergewissern, dass sie seine letzten Worte nicht nur akustisch verstanden, sondern auch begriffen hatte, was er damit ausdrücken wollte.

EINS
FEHMARN

Milla

»Wie weit bist du?«

Milla wirbelte herum, sah Joe an. »Was meinst du?«

Er wies grinsend auf ihre Koffer. »Hast du alles reinbekommen?«

Sie verzog das Gesicht. »Hab wohl wieder zu viel eingekauft.«

»Bei mir ist noch Platz, wenn du noch etwas hast, das ich einpacken soll ...«

Sie sah ihn an, trat näher zu ihm, küsste ihn auf die Nasenspitze. »Willst du es dir nicht doch noch anders überlegen? Den Kindern gefällt es hier. Sie würden gerne noch ein paar Tage bleiben.«

Joe runzelte die Stirn. »Ich hab Theo schon fest zugesagt. Jetzt einen Rückzieher zu machen, wäre echt blöd von uns. Bestimmt hat seine Frau schon alles Mögliche an Vorräten für unsere gemeinsame Zeit gekauft, und wie ich Theo kenne, hat er bereits das komplette Wochenende durchgeplant.« Er schmunzelte sie an. »Worum geht es dir wirklich?«

»Keine Ahnung, was du meinst.«

»Ach komm, Schatz, ich kenne dich. Worüber machst du dir Sorgen?«

Sie hob die Schultern, wich seinem Blick aus. »Du weißt, wie unwohl ich mich bei Fremden fühle und dass ich meine Zeit brauche, um mit jemandem warm zu werden. Und jetzt bin ich gezwungen, gleich ein ganzes Wochenende mit diesen Leuten zu verbringen.«

»Theo ist cool, Milla, vertrau mir. Und seine Frau ist mit Sicherheit auch ein echter Schatz.«

»Wie kannst du das behaupten? Du kennst sie nicht, bist ihr noch nie begegnet. Und was deinen Kumpel angeht, diesen Theo, auch den kennst du nicht wirklich.«

»Das stimmt so nicht.«

Kopfschüttelnd sah sie ihn an. »Du und deine Internetfreunde. Wie lange chattet ihr miteinander? Ein oder zwei Jahre, ein paar Monate? Wie oft habt ihr euch real getroffen? Einmal?«

»Zweimal, Schatz.«

»Du weißt, was ich meine …«

»Hast du ernsthaft Angst, dass wir uns mit unseren Kindern in das Haus eines Irren begeben, der uns dann mit der Kettensäge hinterherjagt?«

Milla starrte ihn an, dann kicherte sie los. »Du bist ein Idiot, weißt du das?«

»Ich will nur, dass du dir keine Sorgen machst, okay? Neue Leute kennenzulernen, ist einfach wunderbar. Vor allem wenn sich daraus eine Freundschaft entwickelt, wie die zwischen Theo und mir. Wäre es nicht fabelhaft, wenn du dich mit seiner Frau genauso gut verstehen würdest?«

Sie sah ihn zweifelnd an, nickte ergeben. »Vielleicht hast du ja recht.«

»Hab ich, du wirst sehen. Und die Kinder werden auch ihren Spaß haben, versprochen. Theos Anwesen muss irgendwo in der Nähe des Achterwassers liegen. Es ist mitten im Wald und trotzdem ganz in der Nähe des Ückeritzer Strandes. Auf dem Grundstück ist sogar ein kleiner Weiher, an dem Lenny endlich mal angeln lernen könnte – sofern er mag.«

»Mag er nicht«, kam es postwendend.

Milla wirbelte herum, sah ihren Sohn an, lachte, als sie seine Schnute bemerkte.

»Ihr wisst, dass ich mich vor diesen glitschigen Dingern ekele. Außerdem will ich keinem Lebewesen eins auf die Nuss kloppen müssen, damit das klar ist. Das ist barbarisch!«

»So viel dazu«, kommentierte Milla die Worte ihres Neunjährigen, grinste und strubbelte durch Lennys dichtes blondes Haar, das er von seinem Vater geerbt hatte. »Aber du bist eine Wasserratte, genau wie deine große Schwester. Josie und du, ihr könnt baden gehen, euch im Wald eine Hütte bauen, eben Dinge tun, die Kinder gerne machen.«

Lenny legte den Kopf schräg, starrte seinen Vater an. »Gibt's dort wenigstens WLAN? Ich dreh durch, wenn ich nicht ins Internet kann!«

Joe hob in gespielter Fassungslosigkeit die Hände. »Was hab ich nur verbrochen? Meine Frau ist paranoid und mein Sohn ein Nerd, der mit seinem Computer verheiratet ist.«

»Dad!«, konterte Lenny, »ich bin nicht süchtig wie Josie. Aber ich will mit meinen Freunden chatten, okay? Und ich hab da ein Spiel am Laufen. Wenn ich zwei Tage nicht online bin, dann überholen mich die anderen.«

Joe warf Milla einen bedeutungsvollen Blick zu.

»Ich weiß«, gab diese grinsend zurück, »ich bin schuld daran, dass unser Sohn zum Nerd mutiert. Wie konnte ich dem Jungen zu Weihnachten auch einen Laptop schenken?«

Joe schmunzelte zwar, doch Milla wusste, dass er diese Sache ernst nahm. Seiner Ansicht nach hätte Lenny erst im Alter von zwölf Jahren einen Computer mit Internetzugang bekommen sollen. Doch nachdem alle seine Freunde bereits über sämtliche technischen Gerätschaften verfügten, hatte er sich geschlagen gegeben. Und so hatten sie jetzt einen Neunjährigen, der seinen Laptop sogar mit auf die Toilette nahm. Bei ihrer Tochter war es kaum besser. Josie schien das Smartphone an der Hand festgewachsen zu sein.

Sie nahm das Ding überall mit hin, war abhängig von dem Plington, der eine WhatsApp-Nachricht ankündigte.

»Ich denke, ihr müsst euch keine Sorgen machen«, erklärte Joe seinem Sohn. »Theo macht beruflich irgendwas im Internet. Er hat ein paar Läden und muss regelmäßig auf den Bestelleingang zugreifen können, was bedeutet, dass Internet dort kein Problem sein dürfte.«

»Na dann«, war alles, was Lenny von sich gab. Was wohl so viel wie *dann ist es okay* hieß. Er verzog sich wieder ins Wohnzimmer ihrer Ferienwohnung, um seiner Schwester die frohe Kunde zu überbringen.

Milla lachte, als Joe ihre Hand nahm und sie einmal herumwirbelte, als wollte er mit ihr tanzen. Schließlich umarmte er sie, sah sie ernst an. »Irgendwie verstehe ich dich nicht«, murmelte er dicht an ihrem Ohr. »Da stammst du von der schönsten Insel Deutschlands und weigerst dich mit Händen und Füßen, deine alte Heimat zu betreten. Wieso bestehst du darauf, dass wir nur immer wieder hierher nach Fehmarn oder nach Sylt fahren? Was stört dich an Usedom?«

Sie sah zu ihm auf, verzog das Gesicht. »Du hast recht, Usedom ist wunderschön. Aber mir gefällt es nun mal hier, auf Fehmarn, viel besser. Und Sylt magst du doch auch. Mehr noch, du liebst diese Insel.«

»Dennoch interessiert es mich auch, woher du stammst. Wir sind jetzt schon über dreizehn Jahre zusammen und noch immer habe ich kein Bild vor Augen, wie der Ort aussieht, an dem du aufgewachsen bist.«

»Da gibt es nichts Bemerkenswertes. Ahlbeck ist eine Touristenhochburg, Joe! Dort tummeln sich ab Ende Mai Massen an Menschen. Das hab ich damals schon gehasst … die vielen Fremden, die mit ihren Autos die einzige Zufahrtsstraße verstopfen, die sämtliche Orte miteinander verbindet. Im Sommer war jeder Tag ein einziger großer Stau.« Sie brach ab, hob die Schultern. »Das mag ich so an Fehmarn … Hier ist es ruhiger, besinnlicher, man kann wirklich abschalten.«

Joe grinste. »Gibt es auf Usedom vielleicht eine alte Liebe, der du nicht über den Weg laufen willst?«

Milla lachte auf. »Du kennst mich einfach zu gut.« Dann wurde sie schlagartig ernst. »Als mein Vater vor fünfzehn Jahren gestorben ist, war ich das letzte Mal auf der Insel. Er war Insulaner mit Leib und Seele, liebte dieses Fleckchen Erde, wollte dort beerdigt werden. Doch meine Mom ist wie ich, oder besser gesagt, ich bin ihr ähnlich. Als Dad tot war, packte sie ihre sieben Sachen und kam zu mir nach München. Deswegen gab es für mich keinen Grund mehr, die Insel zu besuchen, verstehst du? Mein Vater ist tot, meine Mutter lebt in Bayern, warum also sollte ich dort freiwillig Urlaub machen, wenn es so viel bessere Orte gibt?«

»Hast du keine alten Freunde auf Usedom, die du nach all den Jahren wiedersehen willst?«

Milla zuckte innerlich zusammen, denn das war tatsächlich ein wunder Punkt bei ihr. Sie schüttelte etwas zu vehement den Kopf. »Ehrlich gesagt nicht, nein.«

»Und das Grab deines Vaters? Du warst zu seiner Beerdigung dort, danach nicht mehr.«

»Du kennst meine Ansicht über diese Sache. In dem Grab ist lediglich die Asche meines Vaters beerdigt worden, nicht er, nicht das, was ihn ausgemacht hat. Wenn ich meinem Vater nahe sein möchte, dann erinnere ich mich an ihn. Das kann ich überall, auch hier.«

Joe legte den Kopf schräg, suchte ihren Blick. »Okay, du magst die Insel nicht, verstanden. Aber könntest du trotzdem versuchen, die nächsten Tage ein wenig zu genießen? Für mich?«

Sie schwieg. Schließlich seufzte sie und redete es sich schön. Es war doch nur ein verdammtes Wochenende. Zweiundsiebzig Stunden, vielleicht ein paar mehr. Und Joe hatte recht, was die Leute betraf. Bestimmt waren sie wirklich nett. Aber die Insel selbst? Der Ort, an dem damals … Sie verdrängte die düsteren Erinnerungen.

Vielleicht konnte sie einfach so tun, als sei sie nur eine Touristin, sich mit dem Strom bewegen, all das, was früher gewesen war, aus der Distanz betrachten. »Was solls«, stieß sie aus. »Wird schon schiefgehen!«

ZWEI
USEDOM

Susi

»Vielleicht sollten wir die ganze Sache abblasen«, stieß Susi mit Blick auf Theo aus.

»Und eine einmalige Gelegenheit verstreichen lassen? Die sind ganz in der Nähe. Wenn nicht jetzt, wann ist dann der richtige Zeitpunkt für ein Treffen?«

»Ich weiß nicht. Was, wenn du ihn falsch einschätzt?«

»Johannes?« Theo prustete los. »Der ist absolut harmlos, das kannst du mir glauben!«

»Ihr habt euch erst zweimal getroffen, Theo. Und beide Male wart ihr nicht allein. Du weißt rein gar nichts über den Mann. Der kann dir viel im Chat erzählen. Aber was mich am meisten stört, ist, dass sie gleich hier auf der Insel auftauchen. Könnt ihr euch nicht einfach noch einige Male auf neutralem Terrain treffen und besser kennenlernen?«

»Ich schwöre dir, dass er nicht gefährlich ist! Ganz im Gegenteil, Schatz. Joe ist ein echter Gentleman. Freundlich, zuvorkommend, stets darauf bedacht, welche

Außenwirkung er auf andere Menschen hat. Der tut keiner Fliege was zuleide.«

»Anwälte sind nicht nett! Geldgeile Rechtsverdreher trifft es da schon eher.«

»So ein Anwalt ist Joe nicht. Er arbeitet als Rechtsberater für riesige Firmen, verstehst du?«

Susi nickte, sah Theo an. »Und sie? Hat dein Kumpel was darüber verlauten lassen, wie sie so drauf ist?«

»Ich hab aus unseren Unterhaltungen einiges rausgehört. Sie ist ebenfalls Anwältin, steht beruflich jedoch im Staatsdienst. Ich denke, du wirst mit ihr klarkommen.«

»Aber die Kinder …«

»Was soll mit denen sein?«

Susi drehte den Kopf in Richtung der Schaukel, auf der Noah saß und vor sich hin starrte.

»Ich hab schon ein paar Mal mit ihm gesprochen. Er weiß Bescheid und wird sich benehmen. Schatz, hab ein bisschen Vertrauen in unseren Jungen.« Er zwinkerte ihr zu, grinste.

Sie entspannte sich ein wenig, sah Theo an. »Was genau hast du für Samstag geplant?«

»Joe und ich werden natürlich angeln gehen und abends werden wir kochen, was wir gefangen haben. Ihr Mädels verbringt den Tag zusammen mit den Kindern. Ihr quatscht ein bisschen, geht shoppen, an den Strand – du wirst sehen, das wird ein traumhaftes Wochenende. Alles wird gut gehen, genau wie wir es besprochen haben.«

»Und was ist, wenn Noah ausrastet?« Sie hob die Schultern, sah Theo an. »Manchmal hab ich einfach das Gefühl, keinen Zugang zu ihm zu haben. Nicht so wie du.«

»Das wird er nicht«, gab er zurück. »Wir haben mit ihm geredet, ihm gesagt, wie wichtig dieses Wochenende für uns ist. Er wird sich zusammenreißen, das hat er versprochen.«

»Noah ist sieben Jahre alt. Kinder in diesem Alter sind sowieso unberechenbar. Doch er …« Wieder warf sie einen Blick in seine Richtung, seufzte. »Wenn er anfängt, irgendwelches wirres Zeug von sich zu geben, einen Heulanfall bekommt oder sich gar wie neulich selbst verletzt – wie stehe ich dann da?«

Theo zog sie in seine Arme, umschloss sie. »Wie eine Mutter, die ihren Sohn trotz aller Widrigkeiten über alles liebt.« Eine Weile standen sie einfach nur da, eng umschlungen, hingen jeder den eigenen Gedanken nach. Dann schob Theo sie von sich weg, legte seinen Zeigefinger unter ihr Kinn, drückte ihren Kopf nach oben, sodass sie ihm in die Augen sehen musste, ob sie wollte oder nicht.

»Das hier war deine Idee, das weißt du doch noch, oder? Du sagtest zu mir, ich solle meinen Internetkumpel einladen, damit unsere Familien ein unvergessliches Wochenende miteinander verbringen können.«

»Schon klar«, gab sie schroffer als beabsichtigt zurück und kam nicht dagegen an, dass sie Zorn verspürte, weil er sie daran erinnerte.

»Doch eine Sache auszusprechen und in Gedanken zu planen und vorzubereiten, ist etwas anderes, als all das in der Realität zu erleben. Ich mach mir einfach Sorgen.«

»Worüber?«

»Na, du bist lustig. Schon mal darüber nachgedacht, was ist, wenn alles schiefläuft, was schieflaufen kann? Was, wenn wir uns nicht ausstehen können oder einfach keinen Zugang zueinander finden? Das Wochenende, das wir uns beide vorstellen, setzt nun mal voraus, dass wir einander vertrauen und uns verstehen.«

Theo schüttelte den Kopf. »Du machst dir viel zu

viele Gedanken, Süße. Lass doch einfach alles auf dich zukommen. Und was Noah angeht …« Er brach ab, hämmerte an die Scheibe des Küchenfensters, um die Aufmerksamkeit des Kindes zu erregen.

Sofort sah der Kleine in ihre Richtung. Theo machte eine Handbewegung, die ihn einlud, reinzukommen. Tatsächlich machte Noah sich auf den Weg, lief auf das Haus zu.

Nur Minuten später blickte Noah sie erwartungsvoll an. »Was gibt es?«

Sie ging vor ihm in die Hocke, atmete tief durch. »Du erinnerst dich noch daran, was dein Daddy dir über das kommende Wochenende gesagt hat? Dass wir Besuch bekommen und du versuchen musst, dich, na ja … normal zu verhalten.«

Susi spürte eine Hand an ihrer Schulter, sah zu Theo auf, der sie jetzt missmutig anblickte. Sie warf fragend ihre Stirn in Falten.

»Was deine Mutter sagen will, ist, dass wir uns wünschen, dass du dir richtig Mühe gibst. Sei einfach ein braver Junge, okay? Denkst du, dass du das hinbekommst?«

Noah nickte, sah jedoch alles andere als glücklich aus.

Ganz im Gegenteil wirkte er, als gäbe er was darum, das bevorstehende Wochenende so rasch wie möglich hinter sich zu bringen.

Zumindest was das anging, herrschte zwischen ihnen so etwas wie eine einvernehmliche Verbundenheit.

Sie strich ihm durchs Haar, doch fühlte sie nichts dabei. Anders als Theo, der in seiner Vaterrolle richtig aufblühte.

Susi streichelte Noah zart über die Wange und sah ihn eindringlich an. »Ich will nur dein Bestes, mein kleiner Liebling … Schließlich bin ich deine Mutter, Noah. Vergiss das nicht!«

DREI
UNTERWEGS NACH ÜCKERITZ

Milla

»Wann sind wir denn endlich da?«, maulte Lenny auf der Rückbank.

Auch Josie, seine Schwester, sah alles andere als zufrieden aus. »Wir könnten jetzt am Strand sitzen oder schwimmen«, fiel sie in sein Mosern ein. »Stattdessen sitzen wir seit Stunden in dieser Blechkarre und können nur aus dem Fenster glotzen. Und das nur, weil Dad unbedingt seinen schrägen Anglerkumpel besuchen will.«

Joe warf seiner Tochter durch den Rückspiegel einen genervten Blick zu. »Mach mal halblang, Mädchen. Wie oft hab ich deine Freundinnen und dich zu irgendwelchen Auftritten in der Weltgeschichte herumkutschiert und anschließend wieder abgeholt? Hab ich da jemals gemeckert? Nein, hab ich nicht! Und du übrigens auch nicht. Also scheint es nicht das Autofahren zu sein, das dich so stört.«

Josie stöhnte, was Joe ein Schmunzeln entlockte. »Außerdem sind wir gleich in Nienhagen. Dort machen wir eine Pause und spazieren zum Gespensterwald. Schon mal davon gehört?«

»Gibt's da Geister?«, fragte Lenny und klang, als interessierte ihn das wirklich.

»Schon möglich«, gab Joe lachend zurück. »Aber in erster Linie nennt man den Wald so, weil die dort wachsenden Bäume recht gruselig aussehen. Ihr werdet staunen, das verspreche ich.«

»Und danach? Wie lange dauert es dann noch, bis wir in Ückeritz sind?«

»Von Nienhagen aus ist es nicht mehr weit«, erklärte Joe. »Zumal wir auch in Salzhaff eine Rast einlegen und dort in einem netten Restaurant etwas essen.«

»Okay«, kam es von Josie »Wenigstens etwas Cooles an dem blöden Tag heute.«

»Willst du mir nicht mal beistehen? Sag doch auch mal was!«, raunte Joe Milla zu, die in ihrem Sitz gekuschelt die Unterhaltung ihrer Familie nur wie durch eine Art Nebelvorhang mitbekam. Sie drehte den Kopf in Richtung ihres Mannes und grinste ein klein wenig schadenfroh. »Da musst du wohl allein durch«, gab sie schläfrig zurück. »Aber Gespensterwald und essen gehen hört sich doch schon ganz verheißungsvoll an. Sogar für unseren mäkeligen Nachwuchs.«

»Also ich find es hier echt cool«, rief Lenny begeistert, als sie eine knappe Stunde später an der etwa fünfzehn Meter hohen Klippe standen und die Bucht betrachteten. Von hier oben konnte man die knorrigen, kahlen und mit Moos bedeckten Bäume, deren Äste sich wie viel zu lange Finger um ihre Stämme wanden und denen der Wald seinen Namen verdankte, in voller Pracht bewundern.

Selbst Josie ließ sich zu einem begeisterten

Kommentar herab: »Ist ein bisschen wie in Blair Witch Project«, schwärmte sie.

Milla wandte sich zu ihr um. »Woher weißt du das? Das ist doch ein Horrorfilm und der ist erst ab sechzehn freigegeben.«

»Ach Mama«, gab Josie gereizt zurück. »Du bist echt eine Spaßbremse. Der Film ist total harmlos, da passiert nicht viel.«

»Nur dass am Ende alle tot sind«, konterte Joe und sah seine Tochter in gespieltem Ernst an. »Wo zum Teufel guckst du so ein Zeug?«

»Bei Lisa«, antwortete Josie. »Die hat ne Glotze in ihrem Zimmer mit Netflix-App. Wir haben schon alle Teile davon gesehen und auch paar andere Horrorfilme.«

»Um was geht's in dem Film?«, wollte Lenny wissen.

»Ein paar junge Filmemacher gehen in einen Wald, um über eine alte Hexenlegende zu recherchieren und einen Film zu drehen. Sie denken, dass es sich nur um ein Ammenmärchen handelt. Aber schon bald stellen sie fest, dass es in dem Wald tatsächlich nicht mit rechten Dingen zugeht. Die Hexe gibt es wirklich und die bringt sie dann alle um.«

»Josie!«, entfuhr es Milla ein wenig zu heftig. »Du machst deinem Bruder Angst mit deinem Gequatsche über mordende Hexen.«

Lenny sah sie mit gerunzelter Stirn an, prustete dann los. »Mama, also wirklich! Ich hab doch keinen Schiss vor einer tattrigen alten Oma, die es in echt gar nicht gibt!«

»Wollen wir nicht einfach noch ein paar Minuten die Aussicht genießen, anstatt über irgendwelche seltsamen Filme zu quatschen?«, mischte sich jetzt Joe ein. »So schnell kommen wir hier nicht mehr her. Also los, Handys raus und Fotos machen. Das beste Bild gewinnt!«

»Ich hab kein Handy, Dad!« Lenny sah seinen Vater entrüstet an.

»Du kannst meins nehmen«, erklärte Joe. »Und nach dir bin ich dran.«

»Und was gibts für das beste Bild?«, fragte Josie?

»Lass mich mal nachdenken«, bat Joe und krauste die Stirn. »Wie wärs damit?«, schlug er schließlich vor. »Wer das beste Bild schießt, darf sich im Restaurant am Haff das größte Eis zum Nachtisch bestellen.«

Joe hatte entschieden, dass sowohl Josies als auch Lennys Bilder den ersten Preis verdient hätten, und so ließen sich die Geschwister ihre bombastischen Eisbecher schmecken. Milla hingegen hielt es nicht lange auf ihrem Stuhl im Restaurant aus. Sie sprang auf, blickte aus dem Fenster nach draußen und dann wieder zu Joe, der sie fragend ansah.

»Was ist los? Hast du Hummeln im Hintern?«

»So ähnlich«, sagte sie und linste schon wieder nach draußen. »Ich bin gleich wieder da, okay?«

Er nickte, zog fragend die Stirn in Falten.

»Ich will nur kurz zum Wasser runter, ein wenig Luft schnappen und mich bewegen. Ich brauch das jetzt!«

»Ist alles in Ordnung mit dir, Schatz?«

»Sicher. Ich hab nur zu viel gegessen«, scherzte sie, rieb sich zur Untermalung den Bauch.

»Na schön.« Joe grinste. »Aber bleib nicht zu lange. Wir haben noch gut zweieinhalb Stunden Fahrt vor uns und wissen nicht, ob irgendwo noch ein Stau ist. Ich hab Theo geschrieben, dass wir gegen achtzehn Uhr ankommen.«

»Halbe Stunde?«, fragte Milla.

»Ja, aber nicht länger«, mahnte Joe.

»Du kannst ja schon mal bezahlen und wir treffen uns dann am Auto.«

Er nickte, sah sie nachdenklich an.

Sie nahm ihren Cardigan von der Stuhllehne und beeilte sich, wegzukommen, ehe er noch weitere Fragen stellte, die sie ihm nicht beantworten wollte.

Endlich draußen und allein, atmete Milla tief durch.

Ihre Beine zitterten, und das nicht erst seit Kurzem. Seit sie aus Nienhagen weggefahren waren, ging es ihr schlecht. Jeder weitere Kilometer, den sie sich ihrer Heimatinsel näherten, setzte ihr zu.

Als sie am Ufer ankam, sog sie die Luft tief in ihre Lungen, obwohl der Geruch hier unten alles andere als lecker war. Es roch faulig und das Brackwasser war schmutzig, was an seinem hohen Salzgehalt lag.

Trotzdem fühlte sie sich hier unten um einiges wohler als im Restaurant mit ihrer Familie.

Sie hatte gehofft, dass das Geplapper der Kinder und Joes Aufmunterungen ihr helfen würden, den kommenden Tagen etwas optimistischer entgegenblicken zu können, doch das Gegenteil war der Fall.

Sie war jetzt noch nervöser als heute Morgen. Alles in ihr schrie danach, zu flüchten. Still und heimlich zu verschwinden, sich allem, was auf sie zukam, zu entziehen. Sie wollte nicht nach Usedom, um nichts auf der Welt. Nie mehr!

Als Joe sie heute früh geweckt hatte, war ihr erster Impuls gewesen, ihn zu bitten, den Trip nach Usedom noch abzusagen.

Doch dann hatte sie seine Aufregung bemerkt, seine beinahe kindliche Vorfreude auf ein Wochenende mit seinem Internet-Kumpel, und sie hatte es nicht übers Herz gebracht, ihm das zu vermiesen. Joe hätte niemals begriffen, warum sich alles in ihr dagegen sträubte, noch einmal dort aufzukreuzen. Wie auch?

Und daran war sie selbst schuld.

Als Joe und sie sich damals kennenlernten, hatte sie es nicht über sich gebracht, ihm vom schlimmsten Erlebnis ihrer Kindheit zu erzählen. Klar, sie hatte es vorgehabt. Immer wieder. Und sie hatte auf den richtigen Augenblick gewartet, ihm alles zu erzählen. Doch dann hatte sie diesen Augenblick von Woche zu Woche und später von Monat zu Monat hinausgezögert.

Irgendwann war ihr klar geworden, dass sie es ihm niemals erzählen würde. Nicht in einem Jahr und nicht in zehn Jahren. Sie wollte einfach nie mehr darüber sprechen, ja, noch nicht einmal darüber nachdenken.

Das Blöde war nur, dass Joe sie nun unbewusst dazu zwang, sich mit dem Erlebten auseinanderzusetzen, und dafür hasste sie ihn.

Sie schloss die Augen, ermahnte sich, ruhig zu atmen, konzentrierte sich darauf, die düsteren Gedanken ins hinterste Eck ihres Unterbewusstseins zu verdrängen, doch diesmal klappte es nicht.

Ihre bevorstehende Ankunft auf Usedom schwebte wie ein Damoklesschwert über ihr.

Sie öffnete die Augen wieder, warf einen Blick auf die Uhr an ihrem Handgelenk.

Es half alles nichts …

Sie musste die nächsten beiden Tage irgendwie überstehen.

Für Joe.

Und im Grunde auch für sich selbst.

Schließlich war der beste Weg, seine inneren Dämonen zu bekämpfen, sich ihnen zu stellen.

Und genau das würde sie jetzt endlich in Angriff nehmen!

Koste es, was es wolle …

VIER
DAS HAUS IM WALD

Josie

»Was ist eigentlich mit Mom los?«, fragte Josie und beugte sich zu ihrem Vater vor, der auf dem Fahrersitz saß und nachdenklich aus der Seitenscheibe starrte.

»Ich hab nicht die geringste Ahnung«, murmelte er. »Vielleicht hat sie das Essen vorhin nicht vertragen.«

»Dass sie kotzt, meinte ich nicht, Dad! Mom kommt mir irgendwie sauer vor. Sie redet kaum noch. Habt ihr euch gestritten?«

»Nein, natürlich nicht«, protestierte er. »Sie ist nur etwas verunsichert, weil sie die Leute nicht kennt, die wir besuchen.«

»Das finde ich auch total blöd«, stieß Lenny aus. »Hey, was ist, wenn das totale Freaks sind, die komisch ticken?«

»Theo ist schon mal kein Freak«, antwortete Joe und sah Lenny eindringlich durch den Rückspiegel an. »Und ich glaube auch nicht, dass er oder seine Frau komisch ticken. Das sind ganz normale Leute, so wie wir.«

»Also ich finde ja, dass Lenny schon ein Freak ist«, sagte Josie kichernd.

»Wenn ich einer bin, dann du auch«, konterte ihr Bruder. »Ich meine, wer lernt schon freiwillig Shuffle Dance? Das sieht dermaßen bescheuert aus.«

Josie verschränkte die Arme vor der Brust, starrte Lenny an. »Wenn du es so dämlich findest, wieso übst du dann heimlich?«

»Das nennt sich nicht üben, sondern nachäffen«, korrigierte er sie grinsend.

Ihre Mutter kam mit unsicheren Schritten zurück zum Wagen. Ohne einen Ton zu sagen, ließ sie sich wieder auf dem Beifahrerplatz nieder und griff nach dem Sicherheitsgurt, um sich anzuschnallen.

Sie war kreidebleich.

»Alles gut?«, fragte Dad und sah Mom besorgt an.

»Fahr einfach«, gab sie matt zurück. »Das wird schon wieder.«

»Sicher?«, fragte er noch einmal.

Sie nicke nur und schwieg. Genau wie die Geschwister. Es war, als hätte Moms Übelkeitsanfall sie alle verstummen lassen.

Als das Navi schließlich verkündete, dass sie von der Hauptstraße in einen Schotterweg abbiegen mussten, der weiter hinten in einen Wald überging, wurde es auch Josie mulmig.

»Ich dachte, das wäre ein Scherz, Dad«, stieß sie aus. »Die wohnen doch nicht ernsthaft mitten im Wald?«

»Wieso Scherz?«, gab ihr Vater glucksend zurück. »Ich habe euch doch ein Abenteuer versprochen, oder etwa nicht?«

Eine Weile war es wieder still im Wagen.

Lenny schien sich bei der Vorstellung, die nächsten Tage im Wald verbringen zu müssen, ebenso unwohl zu fühlen wie sie. Doch er ließ sich nichts anmerken, starrte nur schweigend aus dem Fenster.

»Sagtest du nicht, dass die ein riesiges Haus haben?«, fragte Mom nach einer Weile.

»Ja, laut Theos Beschreibung ist es so«, gab Dad zurück.

»Und das hast du ihm einfach so geglaubt? Echt, Dad!«, moserte Josie. »Ich meine, was soll am Ende dieses Weges noch kommen? Das Haus scheint mir wohl eher eine Hütte zu sein.«

Lenny lachte. »Wahrscheinlich ist Dads Kumpel in Wahrheit ein Hexenmeister und wollte uns nur herlocken. Und was das bedeutet, könnt ihr euch denken.«

»Ach ja?«

»Ja, wir stehen heute Abend auf der Speisekarte, wir sind das leckere Essen ...«

»Na, wenn du das schon weißt«, flachste sein Vater. »Dann warte mal ab, was noch kommt.«

Der Schotterpfad machte eine abenteuerliche Rechtskurve und führte geradewegs auf eine Lichtung. Sie war umgeben von Bäumen. Im Zentrum stand ein beeindruckendes Haus.

»Was ist das denn«, rief Josie. »Das ist kein Haus, das ist eine verdammte Villa. Boah, wow ... ich glaub es nicht.« Sie rieb sich die Augen. Ein bisschen erinnerte sie das imposante Gebäude an das Anwesen von Edward Cullens Familie im zweiten Teil von Twilight.

Die Vorderfront der Fassade bestand zum Großteil aus Glas und anthrazitfarbenem Holz, was bedeutete, dass die Bewohner nicht nur in einem Haus im Wald lebten, sondern dass der Wald auch optisch mit dem Gebäude zu einer Einheit verschmolz.

»Krasse Hütte«, staunte Lenny neben ihr.

Kaum hatte Dad den Wagen abgestellt und den

Motor ausgestellt, öffnete er die Tür und stieg als Erster aus.

»Na wenigstens einer ist begeistert«, frotzelte Dad und stieß Mom mit dem Ellbogen schmunzelnd in die Seite. »Was sagst du?«

»Lenny hat recht«, gab Mom zu. »Das Haus ist der helle Wahnsinn. Kaum zu glauben, dass die Besitzer so ein Bauwerk in dieser Gegend umsetzen durften.«

»Sollen wir?«, fragte Dad, drehte sich zu ihr um.

Josie nickte, stieg ebenfalls aus, lief ihrem Bruder nach, der bereits zielstrebig auf das Haus zusteuerte.

Als die Tür aufging und ein Typ herauskam, der im selben Alter wie Dad zu sein schien, atmete Josie erleichtert auf. Der Mann wirkte nicht wie ein Irrer. Eher wie einer dieser coolen Hipster-Typen, die im Internet jobbten und sich tagtäglich die schrägsten Dinge einfallen ließen.

Lenny grinste ihr zu. »Hast du seine Hose gesehen?«

Josie kicherte. »Der traut sich was. Ist das ein Hosenrock für Kerle?«

Lenny nickte und knuffte seinen Vater in die Hüfte. »Da hast du dir aber einen echt schrägen Kumpel im Internet geangelt, Dad.«

Tatsächlich erinnerte Josie das Outfit des Mannes ein bisschen an die Mode der Siebziger mit ihren schrillen Farben, dem lockeren Schnitt ... und war so schräg wie alles, was sie darüber wusste. Dass dieser Theo sein langes Haar am Oberkopf zu einem Dutt gebunden hatte, schockte sie dann auch nicht mehr. Wenn sie ihn mit Dad verglich, ließ es ihn sogar jünger erscheinen, als er vermutlich war.

Schon auf den ersten Blick fand sie den Kerl irgendwie niedlich, behielt das aber lieber für sich. Immerhin verstand sie jetzt, warum Dad so heiß darauf war, Zeit mit gerade diesem seiner vielen Kumpels zu verbringen.

Theo war das genaue Gegenteil von ihrem Dad, der niemals sein Haar so lang tragen oder es zu einem Zopf oder Dutt binden würde. Dad war der klassische Hemdentyp und viel zu sehr auf sein ordentliches Aussehen bedacht. Er rasierte sich täglich, war beinahe pedantisch darin, seine Nägel zu pflegen. Doch dieser Theo … Ihm schien vollkommen egal zu sein, was die Leute vom ihm dachten.

Er lief wie ein Hippie herum und genoss es anscheinend, sich diese Freiheit zu gönnen.

Ihr völlig verkrampfter Dad musste fasziniert von Theo sein.

Sie drehte sich zu ihren Eltern um, erwischte Mom dabei, wie auch sie Theo verstohlen musterte.

»Ich glaube, Mom steht auf Dads Kumpel«, raunte sie ihrem Bruder zu, der sogleich ein Würgegeräusch von sich gab.

»Ihr beide müsst Lennard und Josephine sein«, sagte Theo, der inzwischen bei ihnen angekommen war. Er grinste, reichte zuerst ihr, dann Lenny die Hand.

»Die Leute nennen mich Josie«, gab sie zurück. »Und meinen Bruder Lenny.«

Theo schmunzelte, nahm ihre Hand. »Freut mich, dich kennenzulernen, Josie«, sagte er und wandte sich ihrem Bruder zu.

Die Haustür öffnete sich erneut und heraus trat ein etwa siebenjähriger Junge mit dunklem, fast schwarzem Haar, der, den Blick nach unten gerichtet, langsam auf sie zu kam.

»Ich bin Josie«, sagte sie zu dem Kleinen, reichte ihm die Hand. Doch er reagierte nicht auf sie.

Verunsichert sah sie zu ihrem Bruder, der den Jungen

stirnrunzelnd musterte. »Und das ist Lenny, vielleicht magst du ihm ja dein Zimmer zeigen?«

Das Kind sah noch immer zu Boden und Josie fiel auf, dass der Junge zitterte, als hätte er schreckliche Angst vor ihnen. »Stimmt etwas nicht?«, fragte sie.

Wieder keine Reaktion.

Verwundert drehte sie sich zu Theo um, doch der war gerade dabei, ihre Eltern überschwänglich zu begrüßen.

Schließlich sah sie wieder zu dem Kind. »Verrätst du uns deinen Namen?«

Jetzt sah der Junge endlich zu ihr auf und Josie zuckte ein wenig zurück, angesichts der Traurigkeit, die sein Blick widerspiegelte.

Ratlos sah sie zu Lenny.

»Ich bin Noah«, kam es nun endlich von dem Kleinen. Seine Stimme klang monoton und seine Vorstellung seltsam einstudiert. Etwas ungelenk streckte er den Arm aus, um ihr die Hand zu geben. Eine Geste, die sie rührte, ihr aber auch ein wenig Unbehagen bereitete.

Dieses Kind – was war mit ihm los?

Sie kam nicht dagegen an, dass es ihr unheimlich war. Wieder sah sie zu ihrem Bruder. Ihr schien, als empfände er ähnlich wie sie.

»Zeig den beiden doch dein Kinderzimmer«, rief Theo Noah zu. Augenblicklich ging ein heftiger Ruck durch den Körper des Kleinen. Er nickte seinem Vater zu, sah zuerst sie, dann Lenny an. Dann drehte er sich abrupt um und rannte in Richtung Haus.

»Weißt du, was mein größter Albtraum wäre?«, flüsterte Lenny neben ihr.

Sie sah an ihn, hob fragend die Schultern.

»Wenn ich mit diesem Freak in einem Zimmer übernachten müsste.«

FÜNF
DAS HAUS IM WALD

MILLA

»Das Haus ist der Wahnsinn«, flüsterte Joe ihr zu und folgte Theo ins Innere, in dem sie würzige Essensgerüche empfingen.

»Ich bereite Rehrücken vor«, erklärte Theo und drehte sich zu ihnen um. »Mögt ihr Wild?«

Joe nickte begeistert und obwohl sie selten Fleisch aß, lächelte auch Milla dem Kumpel ihres Mannes zu.

Dass er selbst kochte, imponierte ihr. »Sehr gern sogar«, antwortete sie und blieb stehen, um die ungewöhnliche Atmosphäre des offenen Hauskonzeptes auf sich wirken zu lassen.

Küche, Wohnzimmer und Esszimmer gingen fließend ineinander über, weil es keine Trennwände gab. Nur wenige dicke Säulen aus grob bearbeiteten Baumstämmen, die der Statik dienten, unterteilten den Raum. Die Einrichtung hingegen wirkte ultramodern, was für einen reizvollen Kontrast sorgte. Milla war nahezu überwältigt von diesem Anblick und wollte gerade ansetzen, sich mit

Joe darüber auszutauschen, als laute Stimmen von oben zu ihnen drangen.

»Die Kinder sind wohl schon oben«, meinte sie schmunzelnd.

»Hört sich so an«, antwortete Theo mit Blick nach oben. »Lasst uns auch nach oben gehen. Ich zeig euch die Räume, die meine Frau für euch vorbereitet hat.« Mit einladender Geste wies Theo auf die gewundene Treppe aus glatt poliertem dunklem Holz, die in den ersten Stock führte.

»Das wäre toll«, antwortete Milla dankbar, da sie sich nach einer erfrischenden Dusche vor dem Essen sehnte.

»Dann folgt mir bitte.«

Theo marschierte ihnen voraus, dem immer noch anhaltenden Stimmengewirr der Kinder folgend.

Oben angekommen, sahen Lenny und Josie ihnen mit schuldbewussten Gesichtern entgegen.

»Was ist hier los?«, fragte Milla beunruhigt.

»Noah hat sich in seinem Zimmer unterm Bett versteckt und kommt nicht mehr raus. Ich glaube, er fürchtet sich vor uns.«

Theo stöhnte leise auf und wandte sich ihr und Joe mit zerknirschtem Gesicht zu. »Ich hätte euch vorwarnen sollen. Mein Sohn hat eine Art Behinderung … eine Störung sozusagen. Er leidet unter dem Asperger-Syndrom. Er ist Autist, versteht ihr?« Dann drehte er sich zu den Kindern. »Noahs Verhalten mag euch befremdlich vorkommen, doch für ihn ist es vollkommen normal. Er tut sich schwer mit Veränderungen und fremden Leuten. Deswegen wird er eine Weile brauchen, um sich an euch zu gewöhnen. Aber macht euch keine Sorgen, er taut bald auf.«

Milla fiel auf, dass sich ihre Kinder angesichts Theos Erklärung ein wenig entspannten.

Sie hingegen fühlte sich wie ein Eindringling und

versuchte, in Theos Miene zu lesen. »Ist es wirklich okay für euch und vor allem für Noah, wenn wir hier übernachten? Wir möchten euch auf keinen Fall zur Last fallen oder gar Noah erschrecken. Wir können auch in einem Hotelzimmer in der Nähe übernachten und euch tagsüber besuchen. Damit würde sich Noah vielleicht ein wenig besser fühlen. So würden wir ihn wenigstens nachts nicht stören.« Dass es auch ihr lieber wäre, wenn sie in einem Hotel übernachten würden, verschwieg sie.

Theo sah sie kurz prüfend an, schüttelte dann energisch den Kopf. »Kommt nicht infrage. Susi und ich haben mit Noah gesprochen und ihm erklärt, dass ihr Freunde der Familie seid, von denen keinerlei Gefahr für ihn ausgeht. Er wird sich über kurz oder lang an Situationen wie diese gewöhnen müssen. Der Junge wird älter. Da kann er sich auch nicht vor der Welt verstecken.«

Joe nickte verständnisvoll, doch Milla war noch immer nicht wohl bei der Sache.

»Kommt«, sagte Theo lächelnd und unterbrach damit Millas verlegenes Schweigen. »Ich zeige euch eure Zimmer.« Er wandte sich zu den Kindern um. »Lenny, du übernachtest bei Noah im Zimmer. Das Sofa an der Wand ist für dich vorbereitet. Und Josie, du hast ein Zimmer für dich allein.« Er ging ein paar Schritte, öffnete eine Tür links von ihnen, machte eine einladende Handbewegung. »Das hier ist für dich, Schätzchen.«

Milla warf einen Blick in den Raum, stieß verblüfft die Luft aus, genau wie Josy, die sich staunend umsah.

Die Wände waren in einem warmen Orangeton gehalten, das weiß bezogene Himmelbett an der linken Seite war so breit, dass es fast ein Drittel des gesamten Raumes einnahm. Anstelle eines Schrankes gab es ein offenes Regalsystem – ebenfalls komplett in Weiß –, in dessen Mitte eine Schreibtischplatte ins Innere des Raumes ragte. Unterhalb des breiten Fensterbrettes, das zu einem riesigen Loungesofa ausgebaut und mit flauschigen orangefarbenen Kissen bestückt war, erstreckten sich über die gesamte Fensterfront Bücherregale.

»Dieses Zimmer ist ein Traum«, stieß Josie atemlos aus. »Habt ihr auch eine Tochter?«

Theo schüttelte schmunzelnd den Kopf. »Das ist Susis Lesezimmer und dient als zusätzliches Gästezimmer. Wir beide haben große Familien und oft Besuch.«

Josie ließ sich selig lächelnd auf dem Bett nieder. Dann sprang sie auf und ging zu dem Fensterbrett-Sofa, kniete sich davor, sah sich die Bücher an. »Das sind ziemlich viele Kinderbücher«, stellte sie staunend fest.

»Bist du auch so eine Leseratte wie meine Frau?«, fragte Theo.

Josie nickte und zog einen dicken Wälzer hervor, blätterte darin.

»Susi hat auch eine Schwäche für Fantasy-Bücher«, erklärte Theo mit Blick auf das Cover, auf dem ein Drache abgebildet war. »Sie unterscheidet nicht zwischen Büchern für Kinder, Jugendliche oder Erwachsene. In dieser Hinsicht hat sie sich ihre Kindlichkeit bewahrt, was ich überaus liebenswert finde.«

»Wo ist deine Frau überhaupt?«, fragte Milla.

Theo grinste schief. »Sie ist einkaufen.«

Auf Millas fragenden Blick hin zuckte er verlegen mit den Schultern. »Wie soll ich es sagen? Nun, meine Susi ist etwas vergesslich … ihre einzige Schwäche. Zum Rehbraten gehören nun mal zwingend auch Knödel und Rotkraut. Die hat sie beim Einkaufen vergessen und ist deswegen noch mal losgefahren.«

Er legte den Kopf schräg, wies auf Josie, die sich inzwischen in das von ihr gewählte Buch vertieft hatte. »Eure Tochter ist beschäftigt. Soll ich euch inzwischen euer Domizil zeigen?«

Milla nickte dankend und griff nach Joes Hand.

Zusammen folgten sie Theo zu einer Tür am Ende des Ganges. Unbewusst drückte sie Joes Hand ein wenig fester, als ihr Gastgeber die Klinke hinunterdrückte und die Tür aufstieß.

»Bitte sehr«, verkündete er. »Das ist euer Reich.«

Milla trat ein, schüttelte staunend den Kopf. Auch hier gab es eine über die gesamte Stirnseite des Raumes reichende Fensterfront. Das Fensterbrett diente ebenfalls als Sofa und links daneben gab es eine Art Plattform aus Holzbalken, auf denen ein Futon lag, der mit Kissen und Fellen bedeckt war.

Dieser Raum wirkte auf sie nicht verspielt wie der vorherige, sondern wie ein exklusives und teures Zimmer in einem Fünf-Sterne-Hotel. Unbewusst hielt sie den Atem an und sah sich weiter um.

An der Wand gegenüber dem Bett entdeckte sie einen offenen Kleiderschrank, der nur aus einer an der Wand festgeschraubten Metallstange und ein paar Holzbrettern bestand. Alles wirkte edel und rustikal zugleich, genau wie das anschließende Regalsystem aus Holzbalken, in dessen Mitte ein riesiger Flachbildfernseher angebracht war.

»Das Badezimmer ist gleich angrenzend. Das teilt ihr euch mit den Kindern«, erklärte Theo und wies auf eine Tür links neben dem riesigen Bett.

»Euer Haus ist eine Wucht«, stieß Milla bewundernd aus. »Ich bin restlos begeistert. Wie habt ihr es bloß geschafft, ein solches Bauwerk in dieser Gegend bewilligt zu bekommen?«

Theo hob die Schultern. »Das war im Grunde kein Problem«, erklärte er. »Dieses Waldstück gehört der Familie und befindet sich nicht im Naturschutzgebiet der Insel. Die einzige herausfordernde Vorschrift, die wir auferlegt bekamen, war, dass wir keine Strom-, Gas- oder Ölheizung betreiben dürfen. Deswegen haben wir eine

Pelletheizung im Haus, die auch das Wasser erhitzt. Auf dem Dach haben wir eine PV-Anlage, die das gesamte Haus mit Strom versorgt. Allerdings mussten ein paar Bäume gefällt werden, die zu viel Sonnenlicht verschluckt haben. Doch selbst dieser Schritt war kein wirklicher Raubbau an der Natur. Wir haben alles gefällte Holz für die Inneneinrichtung des Hauses verarbeitet.«

»Beeindruckend«, stieß Joe aus. »Ihr lebt wirklich im Paradies.«

»Ich beklage mich nicht«, gab Theo glucksend zurück, sah von Joe zu ihr. »Dann lass ich euch jetzt allein und kümmere mich weiter ums Essen. Ihr macht euch einfach ein wenig frisch, ruht euch aus. In einer knappen Stunde treffen wir uns unten zum Essen.«

»Oh Gott, das musst du dir angucken«, rief Joe ihr zu.

Milla, die gerade dabei war, ihre Koffer auszupacken, hob den Kopf, machte sich mit ihrem Kulturbeutel auf den Weg ins Badezimmer.

»Meine Güte«, stieß sie aus, als sie die frei stehende Doppelbadewanne vor der ausladenden Fensterfront sah. Auf der anderen Seite des Raumes befand sich hinter Milchglas die ebenerdige Duschkabine. Sie drehte sich um, entdeckte eine weitere Trennwand, diesmal nicht aus Glas, sondern aus Holz. Dahinter befanden sich die Toilette und ein Waschtisch aus Naturstein.

»Was macht dein Kumpel noch mal beruflich?«, fragte sie. »Um sich so ein Haus leisten zu können, müssen Theo und seine Frau stinkreich sein.«

»Du hast ja gehört, dass der Wald aus Familienbesitz stammt. Ich nehme an, dass da einiges an Geerbtem mit eingeflossen ist.«

»Das würde es erklären«, stimmte Milla zu und sah

sehnsüchtig auf die riesige Wanne. »Meinst du, ich kann ein Bad nehmen?«, fragte Milla, »oder ist das unverschämt?«

»Quatsch«, sagte Joe. »Du hast Theo gehört. Wir sollen uns wie zu Hause fühlen.«

Milla steckte den Stöpsel in den Auslauf, drehte den Wasserhahn auf und zog sich aus. Sie zuckte leicht zusammen, als sich von hinten zwei Arme um ihren nackten Körper schlangen und Joe ihr zärtlich in den Nacken biss.

»Das muss bis später warten«, kicherte sie.

»Warum?«, fragte Joe mit heiserer Stimme. »Wir haben noch fast eine Stunde.«

»Hast du die Kinder vergessen? Sie können jeden Augenblick reingestürmt kommen. Du willst sie doch wohl nicht fürs Leben traumatisieren? Ich fand es damals ekelig, als ich meine Eltern versehentlich beim Sex erwischt habe.«

»Hast du?«, fragte Joe grinsend, umfasste eine ihrer Brüste mit seiner Hand, knetete sie sanft.

Sie nickte schmunzelnd. »Das Bild hat sich bis heute in mein Gedächtnis eingebrannt.«

Joe lachte auf, drehte sie um und küsste sie auf die Nasenspitze. »Okay, dann eben später. Wenn die Kinder schlafen und Ruhe im Haus herrscht, haben wir zwei Hübschen ein Date.«

Laute Stimmen aus dem Nebenraum schreckten Milla hoch. Sie richtete sich in der Wanne auf, lauschte. Joe redete nebenan auf Lenny ein. Aber sie konnte nur Wortfetzen verstehen.

Seufzend warf sie einen Blick auf ihre Uhr und erschrak. Die Stunde war fast vorbei und sie musste sich noch ankleiden, frisieren und ein wenig schminken. Sie zog den Stöpsel, erhob sich aus dem Wasser und drehte sich, um nach dem Badetuch zu greifen.

Dabei streifte ihr Blick die Fensterfront, wo sie Theo sah, der mit ein paar Holzscheiten auf dem Arm aufs Haus zulief. Im gleichen Augenblick sah er zu ihr nach oben. Eine Schrecksekunde lang verharrte sie, bevor sie sich abwandte, panisch ihre Blöße mit dem Handtuch bedeckte und leise vor sich hin fluchte.

Als sie sich ins Badelaken gehüllt wieder dem Fenster zuwandte, war Theo verschwunden. Peinlich berührt, stieß sie die Luft aus und zurrte das Tuch fester um sich.

Es polterte an der Tür. »Mom, ich bins, kann ich reinkommen?«

Milla öffnete die Tür, sah sich Lenny gegenüber, der sie empört ansah. »Was ist denn los?«

Lenny sah sich um, schlüpfte zu ihr ins Badezimmer und zog die Tür hinter sich zu.

»Nun sag schon was«, drang Milla in ihn.

»Ich schlafe auf keinen Fall mit dem Freak in einem Zimmer«, flüsterte er, als fürchte er, belauscht zu werden.

»Du meinst Noah?«

»Wen denn sonst?«

»Was ist mit dem Jungen?«, fragte Milla besorgt.

»Der macht mir eine Heidenangst, Mom.«

Sie schluckte, sah ihren Sohn an. »Noah ist ein Kind, Lenny. Noch dazu jünger als du. Wie sollte er dir Angst machen? Außerdem hast du Theo gehört, er ist Autist und kann nichts dafür, dass er sich etwas anders verhält. Ich denke, es ist eher umgekehrt, dass er sich vor dir fürchtet. Theo hat es uns doch erklärt.«

Lenny schüttelte den Kopf. »Du hast nicht gesehen, was er gemacht hat.« Die Luft ausstoßend setzte er sich auf den Wannenrand.

Sie ließ sich neben ihm nieder, fasste an sein Kinn,

damit er sie ansehen musste. »Und jetzt erzähl mal in Ruhe. Was hat Noah denn Schlimmes gemacht?«

»Er hat seine Stimme verstellt und gesagt, ich soll abhauen. Und dann hat er so gemacht …« Lenny nahm seinen Daumen und zeichnete eine Linie über seinen Hals. »Findest du nicht, dass das krank ist?«

Sie starrte ihn an, hob die Schultern. »Er ist sieben Jahre alt, Lennard. Sieben! Jungs in dem Alter haben Blödsinn im Kopf. Er wollte dich bestimmt nur ein bisschen ärgern, weil er spürt, dass du ihn nicht einfach akzeptierst, wie er ist.«

»Boah, echt, Mom! Ich hab dich gewarnt. Wunder dich also nicht, wenn ich morgen früh nicht mehr an einem Stück bin. Wer weiß, was der Freak vorhat!«

»Jetzt ist aber Schluss«, herrschte sie ihn ungehalten an. »Und jetzt geh zu deiner Schwester und sag ihr Bescheid, dass wir in zehn Minuten nach unten gehen. Und jetzt Abmarsch!«

Als Milla schließlich geschminkt und angezogen war, stieß Joe einen leisen Pfeifton aus. »Weißt du eigentlich, wie schön du bist?« Er zog sie zu sich, küsste sie, doch Milla schob ihn sofort von sich weg. Noch immer nagte die Szene mit Theo an ihr. »Er hat mich gesehen, Joe, nackt!«, stieß sie aus.

Ihr Mann runzelte verwirrt die Stirn. »Wer?«

»Na dein Kumpel. Ich bin aus der Wanne hoch und er stand draußen und hat zu mir nach oben gestarrt.«

Joe lachte schallend. »Im Ernst?«

Sie nickte verkniffen. »Das ist mir entsetzlich peinlich, Joe! Am liebsten würde ich mich für den Rest des Wochenendes hier oben verkriechen.«

Er schüttelte den Kopf. »Wieso? Du siehst atemberaubend aus, immer noch. Und das, obwohl du zwei Kinder auf die Welt gebracht hast. Andere Frauen würden für deinen Körper morden.«

»Aber er ist ein Fremder für mich, mir ist das so unangenehm.«

»Und darüber machst du dir Gedanken, Schatz?«

»Ja, stell dir vor, das tue ich«, gab sie ein wenig zu trotzig von sich. Von Joe hatte sie Verständnis erwartet oder zumindest so etwas wie einen Hauch von Ärger auf seinen Kumpel.

Joe sah sie immer noch schmunzelnd an. »Vergiss das am besten, Schatz. Bestimmt ist es ihm genauso peinlich wie dir. Wir gehen jetzt und holen die Kinder, dann gesellen wir uns zu Theo in die Küche und du … du tust einfach so, als wäre nichts passiert. Das ist in einer solchen Situation das Beste. Sei einfach ganz zwanglos, dann habt ihr beide das schnell vergessen und die Sache ist vom Tisch.«

Als sie nach unten kamen, stand Theo am Herd, rührte in einem riesigen Bräter herum. Er drehte sich zu ihnen um, grinste ihnen entgegen.

»Da seid ihr ja. Was meint ihr? Wollen wir draußen essen oder lieber hier drinnen?« Er sah von Joe zu ihr, hob fragend die Brauen.

»Draußen klingt nett«, gab sie zurück und bemerkte, dass ihre Stimme belegt klang. Joe hatte gut reden, als ob es einfach wäre, so zu tun, als sei nichts geschehen.

Joe trat zu Theo an den Herd, spähte in den Bräter. »Oh man, sieht das klasse aus, ich hab einen Bärenhunger.«

Dass Theo die Gelegenheit nutzte, um ihr zuzuzwinkern, als verbände sie ein intimes Geheimnis, schockte sie zutiefst. Sie spürte, wie ihr die Röte ins Gesicht stieg. Hastig wich sie seinem intensiven Blick aus, der ihr durch und durch ging, als könnte er in ihr lesen.

Verlegen räuspernd, erinnerte sie sich an Joes Rat. *Tu, als sei nichts passiert.*

»Kann ich irgendwie helfen?«, fragte sie. »Ich könnte den Tisch decken.«

Theo schüttelte vehement den Kopf. »Kommt nicht infrage. Bei uns ist es Sitte, dass die Gäste mit allen Sinnen verwöhnt werden.« Er stoppte, sah sie erneut mit diesem durchdringenden Blick an. »Das Tischdecken übernimmt natürlich meine Frau. Du könntest mir aber sagen, was du gerne trinken möchtest. Wir haben alles da, was das Herz begehrt. Wie wäre es mit einem Glas Champagner?«

Sie nickte zögernd.

»Und du, Kumpel? Was willst du?«, fragte Theo, an Joe gewandt.

»Hast du ein Bier für mich?«

»Logisch.« Theo ging zum Kühlschrank, entnahm eine Flasche Moet, stellte sie auf den Tresen gegenüber dem Herd. Dann nahm er zwei Flaschen Bier und stellte sie dazu.

Schließlich wandte er sich Lenny und Josie zu. »Was wollt ihr zwei Hübschen?«

»Keine Cola«, sagte Milla schnell.

»Wie sieht es mit Saft aus? Mögt ihr Pfirsich?«

Beide nickten und sahen zu, wie Theo ihnen je eine kleine Flasche Pfirsichsaft reichte. Auch beim Öffnen der Flaschen nahm er keine Hilfe an. Er öffnete sie und füllte ein Glas mit dem Champagner für Milla.

Erst als alle ihr Getränk hatten, wandte er sich an seinen Sohn, der stumm abwartend in der Mitte des Raumes stand und auf den Boden starrte. Als Einziger hatte er nichts zu trinken. »Noah, bitte sei so nett und geh deine Mama holen, ja?«

Das Kind drehte sich ohne ein Wort um und schlurfte aus dem Zimmer.

»Zum Wohl«, sagte Theo und stieß mit seiner Flasche gegen die von Joe, dann nickte er Milla zu. »Auf euch und auf ein wundervolles Wochenende.«

»Wollen wir mit dem Anstoßen nicht auf deine Frau warten?«, fragte Milla, unschlüssig auf ihr Glas schauend.

Theo grinste, nahm einen großen Schluck aus der Flasche. »Wir stoßen einfach noch einmal an, wenn sie hier ist, also los, keine falsche Scham.«

Milla nippte an ihrem Glas. Sie mochte Champagner, nur Moet war nicht ihre Geschmacksrichtung. Zu trocken und zu sauer. Aber das ließ sie sich nicht anmerken. *Einfach so tun, als sei alles in Ordnung*, sagte sie sich abgewandelt ein weiteres Mal.

Leichte Schritte auf der Treppe kündigten eine weitere Person an. Sie wandte sich um. Das musste Theos Frau sein. Eine zierliche Blondine mit beinahe jungenhaften Formen kam auf sie zu. Ihr Gesicht war im Gegenlicht der ins Haus eindringenden Sonne nicht gleich erkennbar.

»Ah, da kommt sie ja«, rief Theo gut gelaunt. »Das ist meine Susi.«

»Susi, komm begrüß unsere Gäste ...«

Als Susi bei ihnen angekommen war und Milla ihre Gesichtszüge erkannte, zuckte sie zurück.

Auch Susi stoppte abrupt in der Bewegung, starrte fassungslos in ihre Richtung. »Das gibt's doch nicht«, stieß sie aus, schüttelte den Kopf.

»Was ist los?«, fragte Theo. Auch Joe schien verwirrt.

Für Milla fühlte sich dieser Augenblick seltsam unreal

an. In ihren Ohren summte es und sie hatte das Gefühl, den Halt unter ihren Füßen zu verlieren.

»Schatz? Was ist mit dir? Geht es dir gut?«

Sie hörte Joes Stimme wie durch einen dichten Nebel, konnte nichts anderes tun, als Theos Frau anzustarren.

Diese verzog ihren Mund zu einem breiten Grinsen. »Na, wenn das mal keine Überraschung ist!«

SECHS
DAS HAUS IM WALD

Milla

Nachdem der erste Schock überwunden war, stieß Milla ein verblüfftes Lachen aus. »Als Theo von seiner Ehefrau Susi sprach, hätte ich nie im Leben damit gerechnet, dass er dich meinen könnte.« Milla lief auf die Frau zu, blieb vor ihr stehen, war unschlüssig, was sie tun sollte. Sie in die Arme nehmen? Ihr die Hand geben?

Susi nahm ihr die Entscheidung ab, indem sie die Arme ausbreitete, sie strahlend umarmte.

»Kann eine von euch beiden vielleicht mal erklären, was hier vor sich geht?«, fragte Theo, zwischen Milla und seiner Ehefrau hin und her blickend.

Auch Joe blickte nur ratlos und schulterzuckend zu Milla. »Kennt ihr euch etwa?«

Milla löste sich aus Susis Umklammerung und nickte. »Das kann man wohl sagen. Susi und ich sind zusammen aufgewachsen und zur Schule gegangen.«

»Eine nette Untertreibung«, schaltete Susi sich ein. »Milla und ich waren früher … wie nennt man es heutzutage … Besties … Wir waren über Jahre hinweg unzertrennlich.«

Die Männer starrten mit offenen Mündern von Susi zu ihr, dann brachen sie in schallendes Gelächter aus. »Einfach unfassbar«, sagte Theo. »Wenn das kein Zeichen vom Universum für das beste Wochenende aller Zeiten ist, dann weiß ich es auch nicht.«

»Will wirklich niemand einen Nachschlag?«, fragte Theo in die Tischrunde blickend. Alle schüttelten unisono den Kopf. Die Stimmung bei Tisch war ausgelassen und selbst Lenny und Josie hatten sich inzwischen gefangen und die Tatsache, dass auch ihre Mutter eine Freundin der Gastgeberin war, geschluckt. Nur Noah hatte bisher kein Wort gesagt und starrte auf das Essen auf seinem Teller, in dem er bislang nur herumgestochert hatte.

Unvermittelt erwiderte er Millas besorgten Blick und sie musste sich zwingen, nicht rasch wegzusehen. Endlich verstand sie, wieso ihr Sohn sich unwohl in Noahs Gegenwart fühlte. Von diesem Kind ging eine Düsternis aus, die sie noch nie zuvor an einem Menschen wahrgenommen hatte.

Noahs Augen waren nahezu schwarz und spiegelten Gefühle wider, die sie nicht erklären konnte. Schmerz? Furcht? Hilflosigkeit? Ja, das am ehesten. Dieser kleine Junge wirkte, als fühlte er sich vollkommen fehl am Platz.

Aber das ergab doch keinen Sinn!

Wieso sollte das Kind Angst vor ihnen haben?

Joe hatte noch nie jemandem Angst eingejagt. Im Gegenteil. Alle, die ihn kannten, hielten ihn für eine Seele von einem Menschen, was er auch war.

Und sie? Nein, sie war ebenso wenig Furcht einflößend wie Lennard und Josephine. Dass ihre Familie eine solche Wirkung auf dieses Kind hatte, konnte nur seinem Autismus geschuldet sein.

»Er wird sich an euch gewöhnen«, raunte Susi ihr zu, drückte sanft ihre Hand. »Mach dir keine Gedanken.«

Sie sah die alte Freundin an, nickte. »Seit wann bist du eigentlich wieder hier?«

Susi legte die Stirn in Falten. »Etwa seit acht Jahren. Anfangs haben wir in Kölpinsee gewohnt, doch nachdem wir dieses Grundstück geerbt und das Haus gebaut hatten, sind wir hergezogen. Hier leben wir jetzt seit ungefähr zwei Jahren.«

»Ist es dir schwergefallen?«

»Was meinst du?«

»Wieder auf der Insel zu leben?«

Susi hob die Schultern. »Anfangs war es seltsam, aber dann …« Sie schluckte. »Das ist meine Heimat«, stieß sie aus. »Besser gesagt, unsere Heimat.«

Milla senkte den Blick.

»Wann warst du zuletzt hier?«

»Zur Beerdigung meines Vaters.«

»Ich hab davon gehört, tut mir sehr leid. Ich weiß, wie nahe ihr euch wart.«

Milla sah Susi an. »Mir tut es auch leid. Alles.«

Susi runzelte die Stirn, wirkte von einem Moment zum anderen abweisend. »Hilfst du mir abzuräumen?«, fragte sie nach einer etwas zu langen Pause.

»Klar.« Milla stand auf, stapelte die leer gegessenen Teller und lief aufs Haus zu.

Als Susi hinter ihr die Küche betrat, räusperte sie sich. »Er weiß es nicht, nur damit du Bescheid weißt.«

Milla stellte die Teller auf der Anrichte ab, drehte sich zu Susi. »Was meinst du?«

»Das weißt du genau!«

Milla riss die Augen auf. »Aber was ist mit …«

»Er weiß überhaupt nichts, und das muss so bleiben,

bitte! Ich hab keine Lust auf Mitleid oder entsprechende Blicke, schon gar nicht darauf, dass mein Mann mich plötzlich mit anderen Augen sieht. Keinen Ton zu niemanden, ist das klar?«

Milla nickte.

»Was ist mit dir? Hast du es deinem Mann erzählt? Den Kindern?«

»Ich wollte es Joe sagen, doch ich hab es nie geschafft.«

»Und das ist gut so«, sagte Susi ernst. »Was passiert ist, liegt hinter uns. Wir sind hier und es geht uns gut, das ist alles, was zählt.«

Milla nickte, obwohl sie Susi am liebsten gesagt hätte, dass es ihr hier an diesem Ort alles andere als gut ging. Die Insel und sämtliche Erinnerungen, die damit einhergingen, lösten bei ihr fast körperliches Unbehagen aus.

»Theo sagt, du bist Anwältin?«, wechselte Susi nach einem peinlichen Schweigen das Thema.

Milla nickte. »Aktuell arbeite ich als Staatsanwältin. Joe hat eine eigene Kanzlei, aber ich wollte nicht mehr mit ihm zusammenarbeiten, verstehst du? Die Arbeit mit dem Privatleben zu vermischen, hat sich einfach nicht richtig angefühlt.«

Susi nickte. »Ich bin Journalistin«, sagte sie dann. »Da ich als Freelancer arbeite, kann ich schreiben, was ich will, und meine Texte frei anbieten und an interessierte Redaktionen verkaufen. Es bringt nicht viel Geld ein, doch Theo hat ein ausreichendes Einkommen. Also haben wir uns darauf geeinigt, dass ich mich um Noah kümmere. Und er braucht eine Menge Aufmerksamkeit, das kann ich dir sagen.«

Milla verzog mitfühlend das Gesicht.

»Es ist nicht so schlimm, wie man vermuten würde, wenn man ihm zum ersten Mal begegnet«, erklärte Susi. »Noah ist überdurchschnittlich intelligent. Sein Defizit beschränkt sich auf soziale Kontakte. Er hat keine Freunde, weil andere Kinder ihn als unheimlich empfinden. Und dann sind da seine furchtbaren Albträume und die Panikattacken, die unvermittelt auftreten können. Seine Psychiaterin meint, beides würde sich mit der Zeit legen, doch im Augenblick ist es extrem. Ich wollte Theo schon bitten, unser Treffen zu verschieben, doch dann dachte ich mir, er freut sich so …« Susi brach ab, sah Milla ernst an. »Ich erzähle dir das ganz bewusst. Du solltest wissen, dass Noah bei einem Anfall nachts das komplette Haus auf den Kopf stellt. Am Ende des Ganges solltet ihr nicht viel davon mitbekommen, aber ihr könntet davon wach werden.«

»Lenny teilt mit ihm das Zimmer, vielleicht sollte Noah doch besser allein schlafen, für den Fall dass es ihm schlecht geht«, warf Milla ein, sich daran erinnernd, was auch Lenny ihr anvertraut hatte.

»Ach was, wir schaffen das schon«, sagte Susi und Milla bemerkte, wie die Augen der Schulfreundin glasig wurden. Waren das Tränen?

Milla lächelte sie warmherzig an. »Hör zu, Susi. Ich will nicht, dass wir euer Leben aufwirbeln, oder dass Noah unter unserem Besuch leidet. Vielleicht wäre es gut, wenn wir doch in ein Hotel gehen? Was meinst du?«

Susi schüttelte den Kopf, kämpfte gegen die aufsteigenden Tränen an. Sie riss Milla in ihre Arme, schluchzte. »Unter keinen Umständen lasse ich dich so schnell wieder von hier weg.«

Lautes Geschrei ertönte.

Lenny …

Milla löste sich von Susi, rannte nach draußen, sah ihren Sohn weinend auf sich zu humpeln. Josie lief kopfschüttelnd hinter ihm her.

Joe und Theo waren so in ihr Gespräch vertieft, dass sie das Drama gar nicht mitbekamen.

»Was ist passiert?«, fragte Milla ihren Sohn.

»Ich hab mit Josie verstecken gespielt und bin über eine Wurzel gestolpert.«

Sie ging in die Hocke, sah sich das aufgeschlagene Knie an, drehte sich zu Susi, die hinter ihr stand. »Hast du was zum Desinfizieren? Und ein großes Pflaster vielleicht?«

Susi nickte, starrte auf die Wunde an Lennys Knie. Dann kam Bewegung in sie und sie drehte sich auf dem Absatz um.

»Setz dich auf die Treppe!«, wies Milla ihren Sohn an, nahm ein sauberes Tempotaschentuch aus ihrer Hosentasche, tupfte damit den gröbsten Schmutz aus der Wunde, ignorierte Lennys Gejammer.

Wo blieb Susi nur mit dem Verbandszeug? Sie sah sich suchend nach ihr um.

Als sie nach etlichen Minuten noch immer nicht da war, sah Milla ihren Sohn an. »Du rührst dich nicht vom Fleck, verstanden!«

Er nickte kläglich.

Milla verschwand im Haus, sah sich nach Susi um, doch die war nirgends zu sehen.

Schließlich machte Milla kehrt, lief wieder nach draußen zu Joe und Theo. »Ich brauche Desinfektionsmittel und ein Pflaster, Lenny hat sich das Knie aufgeschlagen.«

»Sag Susi, dass sie dir den Verbandskasten geben soll«, sagte Theo.

»Das hab ich bereits, sie ist aber schon eine Weile weg.«

Theo grinste, stand auf. »Bestimmt findet sie ihn mal wieder nicht. Meine Frau ist schlampig, wisst ihr? Sie stellt das Zeug immer sonst wohin und findet dann nichts wieder. Am besten gehe ich selbst nachsehen.«

»Lass gut sein«, sagte Joe. »Ich hab Verbandszeug im Wagen.«

Joe lief zum Auto und Milla eilte zurück zu Lenny. Im gleichen Moment tauchte auch Susi auf. Sie kam aus dem Haus und wirkte aufgebracht. »Ich hab das verdammte Haus auf den Kopf gestellt. Keine Ahnung, wo Verbandszeug ist.«

Milla sah die Freundin an, winkte ab. »Kein Problem. Joe hat was im Wagen. Er holt es gerade.«

Susi sah sie entschuldigend an. »Wir wohnen noch nicht lange genug hier, um für alles einen festen Platz zu haben. Die meiste Zeit suche ich nach irgendwelchen Sachen, weil sie mal hier und mal dort liegen.«

»Das kenne ich«, gab Milla zurück, obwohl das gelogen war. Sie wusste ganz genau, wo in ihrem Haus sich was befand. Und das, obwohl sie vor ihrem ordentlichen Ehemann als die Königin des Chaos galt. Das Merkwürdige war, dass sie Susi als das komplette Gegenteil von sich in Erinnerung hatte. Damals war die Freundin stets darauf bedacht gewesen, dass in ihrem Zimmer alles an Ort und Stelle war.

Sie sah Susi an, doch die wich ihrem Blick aus.

War es möglich, dass die Freundin wusste, worüber sie eben nachgedacht hatte?

»Da«, durchbrach Joe ihre Gedanken, reichte ihr das kleine Päckchen mit Verbandsmaterial.

Darauf bedacht, Lenny nicht wehzutun, verarztete Milla sein aufgeschlagenes Knie. Sie war fast fertig damit, als sie hinter sich einen leichten Lufthauch bemerkte.

Sie warf einen Blick über die Schulter, sah Noah hinter sich stehen. Er beobachtete sie, schien wie in Trance zu sein. Dann bemerkte sie die Tränen auf seinen Wangen.

Milla sah Susi an, dann wieder Noah.

Als die Freundin ihrem Blick folgte, zuckte sie kurz

zusammen. Gleich darauf war sie bei Noah. »Was hast du denn, mein Liebling?« Sie hob ihn hoch, drückte ihn an sich. Doch das Kind machte sich in ihren Armen steif wie ein Brett, wirkte eher erschrocken als erleichtert.

Auch Joe fiel auf, wie verzweifelt sich das Kind gegen die Umarmung seiner Mutter wehrte. In der ganzen Zeit ließ Noah sie nicht aus den Augen. Es war, als nähme er seine Mutter nicht wahr, sei nur mit ihrem Anblick beschäftigt.

Als Susi mit dem Kind auf dem Arm zu Theo lief, fing Milla Joes Blick auf.

Er nickte ihr zu.

Auch ohne Worte hatte er sie verstanden.

Das war wirklich seltsam gewesen!

SIEBEN
DAS HAUS IM WALD

Milla

Ein Schrei weckte sie. Verwirrt setzte sie sich auf und tastete in der Dunkelheit nach ihrem Handy auf dem Nachtschrank. Doch da war nichts.

Blinzelnd versuchte sie sich zu orientieren, bis es ihr dämmerte. Sie war nicht zu Hause, auch nicht mehr auf Fehmarn wie in den letzten beiden Wochen. Sie war auf Usedom, zu Besuch bei Theo und Susi in diesem prachtvollen Haus im Wald.

Erschöpft ließ sie sich wieder zurückfallen aufs Kissen und überlegte. War das eben wirklich ein Schrei gewesen oder hatte sie nur schlecht geträumt? Und wo hatte sie das verdammte Handy abgelegt?

Ein Heulen erklang.

Es war echt. Kein böser Traum.

Sie hörte eine Tür, Schritte auf dem Gang.

Ihre Hände tasteten unterhalb des Futons, weiter nach dem Handy. Endlich hatte sie es.

Sie nahm es auf, wischte über den Bildschirm, aktivierte die Taschenlampen-App. Nach einem Blick auf

Joe, der weiter friedlich schlummerte, stand sie auf, lief zur Tür, drückte die Klinke herunter und zog die Tür nach innen auf. Im Gang angekommen, sah sie, wie sich Noahs Zimmertür öffnete. Susi kam heraus, auf dem Arm trug sie den jämmerlich weinenden Siebenjährigen.

»Noah hatte einen Albtraum«, erklärte ihre Freundin. »Er hat Lenny aufgeweckt. Vielleicht siehst du mal nach ihm.«

Milla nickte, sah von Susi zu Noah, der inzwischen leise vor sich hin murmelte, gefolgt von einem anrührenden Wimmern.

Sie zwängte sich an Susi und Noah vorbei ins Zimmer der Jungen. Dort sah sie Lenny aufrecht im Bett sitzen. Er starrte sie mit weit aufgerissenen Augen an, wirkte völlig verstört.

Leise schloss sie die Tür hinter sich, setzte sich zu Lenny auf die Couch, auf der er schlief. »Was ist passiert, mein Junge? Hast du so entsetzlich geschrien oder war das Noah?«

Lenny blies verächtlich die Wangen auf. »Ich war das! Aber nur, weil der Freak mich total erschreckt hat.«

»Ich will nicht, dass du so über Noah sprichst, Lennard! Du weißt, dass er nichts dafürkann, wenn er sich manchmal etwas merkwürdig verhält.«

»Ja, ja«, maulte Lenny. »Weil er Autist ist, darf er sich aufführen wie ein verdammter Freak. Schon kapiert. Aber er macht mir trotzdem schreckliche Angst.«

»Magst du erzählen, was genau passiert ist?«

Lenny schnappte nach Luft, nickte dann. »Ich hab tief und fest geschlafen, doch dann hatte ich ein ganz komisches Gefühl. Ich glaube, dass ich davon wach geworden bin. Als ich meine Augen aufgemacht habe, war da ein Schatten neben meinem Bett. Ich hab zuerst nicht kapiert, dass das Noah ist, aber dann hat er mir den

Mund zugehalten und mir etwas ins Ohr geflüstert. Mann, war das gruselig!«

»Und dann?«

»Ich hab seine Hand weggeschlagen und nach dir gerufen. Dann hat Noah angefangen zu heulen.«

Milla strich Lenny eine Strähne aus der schweißnassen Stirn. »Vielleicht hast du geschnarcht, Kumpel! Oder du hast im Schlaf geredet. Kann es nicht sein, dass Noah nach dir gesehen und mit dir geredet hat, damit du leise bist?«

»Schwachsinn!«, brummelte Lenny.

»Naja, es könnte aber doch sein, oder? Vielleicht wollte er, dass du damit aufhörst, hat dir deshalb den Mund zugehalten und dir ins Ohr geflüstert. Wäre doch möglich, oder?«

Lenny sah sie entrüstet an. »Josie ist von uns beiden diejenige, die laut schnarcht. Wegen ihrer Polypen in der Nase. Ich doch nicht!«

»Bist du sicher?« Milla schmunzelte. »Ich glaube, ich hab dich auch schon mal wie einen Elefanten tröten hören.«

Sie wollte Lenny mit ihren Worten aufmuntern, doch der schüttelte nur heftig den Kopf.

»So war es aber nicht! Er war auch schon vorher so komisch.«

»Ach ja? Was war so komisch? Hat er was gesagt oder getan?«

Lenny hob die Schultern. »Als wir ins Bett sind, war er auch schon so merkwürdig drauf. Ich lag schon da und wollte schlafen. Da ist er noch mal aufgestanden, hat sich neben dem Sofa auf den Teppich gesetzt und mich die ganze Zeit angeguckt. Im Dunkeln hab ich nur seine Gestalt gesehen und vorsichtshalber das Licht noch mal angeschaltet. Hab ihm gesagt, dass er abhauen soll. Doch er ist hocken geblieben und hat die ganze Zeit irgendwas mit dem Finger auf den Teppich gekritzelt und mich dazwischen angeglotzt wie ein Irrer. Irgendwann hatte ich die Nase voll und hab mich mit dem Gesicht zur Wand gedreht.«

Milla runzelte die Stirn, sah Lenny nachdenklich an. »Und was war später? Du hast gesagt, er hat dir was ins Ohr geflüstert. Was hat er gesagt?«

Ihr Sohn sah sie zweifelnd an. »Das glaubst du mir eh nicht …«

»Versuchs doch einfach mal.«

Ein düsterer Schatten huschte über Lennys Gesicht, dann stieß er den Atem aus, schwieg aber.

»Raus damit«, versuchte Milla es erneut. »So schlimm kann es doch nicht sein.«

Lenny sah sie an, in seinen Augen glitzerten Tränen. »Er hat gesagt: Ich will nicht, dass du stirbst.«

Milla zuckte zurück, starrte ihren Sohn an. »Wie bitte?«

Er hob die Schultern. »Du wolltest es wissen. Genau das hat er mir ins Ohr geflüstert.«

»Was war los?«, fragte Joe, kaum dass sie sich neben ihn auf den Futon gelegt hatte.

»Noah hat unserem Sohn schreckliche Angst eingejagt.«

Joe drehte sich zu ihr. Das ins Zimmer scheinende Mondlicht war hell genug, um ihr die Sorgenfalte auf seiner Stirn zu zeigen.

»Ich weiß auch nicht, aber Susis Sohn ist für sein Alter ziemlich schräg drauf.«

»Hör auf, drum herumzureden. Was hat der Junge gesagt?«

»Dass er nicht will, dass Lenny stirbt.«

»Mhm. Klingt für mich, als würde er unseren Sohn mögen.«

»Solche Worte aus dem Mund eines Siebenjährigen sind alles andere als normal.«

»Noah hat das Asperger-Syndrom. Und diese Kinder … ich hab das mal gegoogelt, sind … sehr besonders.«

»Das weiß ich selbst«, fuhr Milla ihn an. »Aber ich verstehe Lenny. Zuerst lässt Noah ihn nicht zur Ruhe kommen und dann reißt er ihn auf so Angst einflößende Weise aus dem Schlaf. Mir wäre wahrscheinlich auch das Herz in die Hose gerutscht, wenn mir mitten in der Nacht jemand den Mund zu halten und gruseliges Zeug in mein Ohr flüstern würde.«

»Wo ist Noah jetzt?«

»Susi hat ihn mit zu sich genommen.«

»Dann passt doch alles. Und unser Sohnemann kann schlafen.«

Sie spürte Joes Hand auf ihrer Hüfte, aber ihr war jetzt nicht nach Zärtlichkeiten. Noch immer geisterte ihr der seltsame Satz Noahs durch den Kopf. Auch Joe schien nicht wirklich bei der Sache zu sein. Er rückte von ihr ab, sah sie aufmerksam an.

»Was ist?«, fragte sie.

»Diese Susi … du und sie, ihr wart früher ganz dicke? Richtig?«

»Das ist Ewigkeiten her«, wich sie ihm aus.

»Und wieso habt ihr all die Jahre keinen Kontakt mehr gehabt?«

»Ach«, wehrte sie ab, »wie das Leben so spielt … Susi ist weggezogen, irgendwohin aufs Festland. Anfangs haben wir uns noch geschrieben, doch das wurde von Monat zu Monat weniger. Später schlief unser Kontakt ein. Das wars auch schon. Bis heute.«

»Eine Sache verstehe ich nicht«, murmelte Joe, ohne sie aus den Augen zu lassen.

»Das wäre?«

»All die Jahre, die vergangen sind, und dann, plötzlich, aus heiterem Himmel, führt euch der Zufall wieder zueinander. Doch anstatt dich darüber zu freuen, wirkst du seit eurer Begegnung auf mich, als würdest du dich am liebsten in Luft auflösen.«

Sie lachte erschrocken auf, hoffte, dass Joe ihr nicht anmerkte, dass er den Nagel auf den Kopf getroffen hatte. »Das bildest du dir ein, Schatz. Und jetzt komm, lass uns schlafen.«

ACHT
DAS HAUS IM WALD

MILLA

Ein leises Rascheln ließ sie aufschrecken. Sie hob den Kopf, sah in Richtung Tür, doch da war nichts. Joe neben ihr schlief selig, schnarchte dabei leise vor sich hin.

Doch das war es nicht, was sie gehört hatte. Schließlich kannte sie Joes Atemgeräusche.

Milla setzte sich im Bett auf, tastete nach ihrem Handy, doch wie zuvor fand sie es nicht.

Alles war fremd in diesem Zimmer. Ungewohnt.

Dann fiel ihr ein, dass sie ihr Gerät vorhin mit auf die Toilette genommen und ebenfalls nach dem Begriff Autismus gegoogelt hatte. Sie musste das Handy auf dem Waschbeckenrand liegen gelassen haben.

Mit einem Blick auf ihre Armbanduhr stellte sie fest, dass es noch nicht einmal fünf Uhr morgens war. Die Sache mit Noah vorhin, Lennys Sorge, der Kleine könnte ihm etwas antun, hatte sie lange wach gehalten.

Sie schob ihre Decke beiseite, schwang die Beine aus dem Bett, zuckte zurück, als sie etwas Weiches, Warmes zu ihren Füßen spürte.

Was war das?

Sie krabbelte zur Vorderseite des Futons, stieg dort herunter, lief ins Bad. Nachdem sie ihr Handy aufgenommen hatte, aktivierte sie die Taschenlampe und leuchtete ihre Seite des Bettes aus. Unterhalb des Holzaufbaus lag ein kleiner, zusammengerollter Körper friedlich schlummernd auf dem Bettvorleger.

Noah ... Er hatte sein Kopfkissen mitgebracht und hielt ein Kuscheltier in seinen Armen. Sein Anblick rührte Milla so heftig, dass sie gegen die Tränen ankämpfte.

Sie krabbelte ins Bett zurück, weckte Joe.

»Was ist passiert?«, fragte er mit verschlafener Stimme.

»Noah liegt auf dem Bettvorleger und schläft«, flüsterte sie. »Was machen wir denn jetzt?«

»Ähm, gar nichts, Milla. Lass den kleinen Kerl schlafen und leg dich auch wieder hin.«

»Wir können ihn doch nicht dort liegen lassen. Was soll Susi denken, wenn sie aufwacht und ihren Sohn nirgendwo findet? Wir müssen ihn zurückbringen.«

»Und dann?«, fragte Joe. »Wenn der Kleine begreift, was los ist, weint er wahrscheinlich und weckt das ganze Haus auf. Lass ihn einfach liegen, er ist ja nicht aus der Welt.«

»Aber wenn seine Eltern ihn suchen? Bestimmt kommen sie nicht einfach so in unser Schlafzimmer.«

Joe seufzte. »Du machst dir zu viele Gedanken, Schatz. Schlaf weiter. Bis du wieder wach wirst, ist der Junge wahrscheinlich wieder in seinem Zimmer. So wie er reingekommen ist, wird er vermutlich auch wieder verschwinden. Vielleicht schlafwandelt er ja.«

Eine knappe halbe Stunde später gab Milla auf. Immer wieder hatte sie besorgt nach dem schlummernden Noah auf dem Bettvorleger geschaut. Inzwischen war an Schlaf nicht mehr zu denken.

Zumindest Noah und Joe schliefen selig weiter, und sie bemühte sich, beim Aufstehen leise zu sein, um sie nicht zu wecken. Auf Zehenspitzen huschte sie nach nebenan ins Bad, machte sich ruckzuck frisch, schlüpfte in ihre Kleidung vom Vortag und verließ das Zimmer.

Außer ihr war im Haus noch niemand auf den Beinen, doch das war ihr egal. Sie wollte sich sowieso die Gegend ansehen, den Kopf freibekommen. Was eignete sich da besser, als ein Spaziergang am frühen Morgen?

Zwar dürstete es sie nach einem starken Kaffee, doch der riesige chromfarbene Kaffeeautomat mit den unzähligen Knöpfen sah aus, als würde er einen Höllenlärm veranstalten, sobald man ihn einschaltete.

Der Kaffee konnte warten.

Kurz überlegte sie, ob sie Susi einen Zettel hinterlassen sollte, für den Fall, dass sie nach ihrem Jungen suchte, unterließ es aber dann. Was hätte sie ihr auch schreiben können?

Dein Noah schläft auf unserem Bettvorleger?

Nein, wahrscheinlich machte sie sich zu viele Gedanken. Immerhin war das ja Noahs Zuhause und sie war hier nur ein Gast.

Sie schlüpfte in ihre Jacke und machte sich auf den Weg nach draußen. Einige Sekunden lang sog sie gierig die würzige frische Luft des Waldes ein, bevor sie den Weg nahm, der aus der Lichtung hinausführte.

Bewusst lief sie immer geradeaus, den gleichen Weg durch den Wald, den sie bei ihrer Herfahrt genommen hatten. Dann spazierte sie weiter auf dem Feldweg, bis sie auf die Landstraße stieß. Mit jedem Schritt, mit dem sie sich vom Haus entfernte, fühlte sie sich besser.

Aber warum eigentlich?

Susi war ja nun wirklich keine Fremde. Zumindest die Susi, die sie früher gekannt hatte, war ihr einst nah gewesen wie eine Schwester, bis eine einzige Dummheit alles zwischen ihnen zerstört hatte.

Milla spürte den vertrauten Druck im Magen, die überwältigende Übelkeit, die sich ihrer bemächtigte, wann immer sie auch nur an früher dachte.

Sie musste aufhören, darüber zu grübeln. Sonst würde es ihr wieder buchstäblich den Boden unter den Füßen wegzerren.

Es passierte dann doch.

Ihr wurde schwindelig und speiübel.

Sie sah sich um, weit und breit gab es keine Bank, nicht mal einen abgeholzten Baumstamm, auf dem sie sich niederlassen konnte – nur Wiesen und Felder. Sie ließ sich ins Gras sinken, legte sich auf den Rücken, starrte in den blauen Morgenhimmel über ihr, atmete bewusst ein und wieder aus.

Susi und sie waren damals noch so jung gewesen.

Fünfzehn Jahre alt. Noch halbe Kinder.

Alles hatten sie miteinander geteilt.

Sich gegenseitig ihr Innerstes ausgeschüttet.

Was hatten sie zusammen alles erlebt …

Den ersten Schultag.

Das erste Verliebtsein.

Herbe emotionale Rückschläge.

Sicher, hin und wieder waren sie auch heftig aneinandergeraten, doch nach ihren Streitigkeiten kam eine auf die andere zu und alles war wieder gut.

Doch dann …

Quasi über Nacht hatte sich alles geändert. Es war eine Dummheit gewesen. Ein Streich, der alles zerstört hatte.

Milla setzte sich wieder auf, spürte Feuchtigkeit auf

ihrer Wange. Sie tastete mit den Fingern danach, bemerkte erst jetzt, dass sie weinte.

Ob es Susi auch so ging?

Litt sie noch unter allem, was damals passiert war?

Milla schüttelte den Kopf. Was für eine dämliche Frage!

Natürlich tat sie das. Mehr als sie wahrscheinlich.

Aber wie offen und fröhlich hatte sie auf ihr Wiedersehen reagiert. Das hatte sie wirklich beeindruckt. Auch nach dem ersten Schock des Erkennens hatte man Susi nichts angemerkt.

Da war nur pure Freude gewesen, sie zu sehen …

Oder?

Milla schluckte.

Warum gelang ihr das nicht auch?

War es das schlechte Gewissen?

Schuldgefühle?

Sie schluckte heftig.

Das alles traf es nicht wirklich.

Sie stand auf, machte sich auf den Weg zurück zum Haus. Wobei ihre Schritte immer schleichender und stockender wurden, je näher sie kam.

Am Haus angekommen und auf der Treppe zum Eingang ließ sie sich noch mehr Zeit, hörte leises Gelächter, lange bevor sie die Tür aufstieß und eintrat.

Joe versuchte gerade, den Kaffeeautomaten in Gang zu setzen. Susi und Theo umringten ihn und sahen konzentriert zu. Nur kurz wunderte sie sich über diese Arbeitsverteilung, bevor sie auf sich aufmerksam machte.

»Einen schönen guten Morgen allerseits«, rief sie und hoffte, dass keiner ihr anmerkte, dass es ihr alles andere als gut ging in diesem Haus.

Susi warf ihr einen grinsenden Blick über die Schulter zu. »Dein Göttergatte ist so nett, uns das Mysterium unserer Kaffeemaschine begreiflich zu machen. Wir haben das Gerät erst seit Kurzem und sind bis jetzt noch nicht dahintergestiegen, wie sie funktioniert.« Die Freundin wandte sich ihr ganz zu, musterte sie. »Alles in Ordnung mit dir? Du siehst ein wenig übernächtigt aus.«

»Doch, alles in Ordnung«, antwortete Milla hastig. »Nur das Übliche. Die erste Nacht in einer fremden Umgebung ist für mich immer ein wenig schwierig. Deswegen bin ich auch früh raus und ein wenig spazieren gegangen.«

Susi seufzte. »Ist es wegen Noah? Er hat euch wohl alle aus dem Schlaf gerissen. Aber ich rede mit ihm, versprochen. Ich schätze, dass er ein wenig aufgeregt ist und deswegen die Nacht zum Tag gemacht hat. Kommende Nacht wird es sicher besser.«

Milla winkte ab. »Das ist doch nicht schlimm gewesen«, sagte sie. »Auch Lenny hat sich schnell beruhigt und wieder geschlafen. Meine Unruhe hatte mit all dem nichts zu tun. Ich kann selbst in der ersten Nacht in einem Luxushotel kaum schlafen, brauche immer etwas länger, um mich zu akklimatisieren. Noah trägt daran keine Schuld.«

Susi kam zu ihr, nahm sie in den Arm, drückte sie fest. »Ich bin so froh, dass du hier bist.« Dann schob sie sie auf Armeslänge von sich weg, sah sie lächelnd an.

Milla fand, dass sie aufrichtig wirkte. Susi schien sich tatsächlich sehr zu freuen, sie hier zu haben, doch sie selbst … Noch immer kam sie nicht gegen das ungute Gefühl in ihrer Magengrube an. Da war weiterhin dieser Fluchtreflex, mit dem sie seit gestern Abend klarzukommen versuchte. »Ich auch«, rang sie sich ab und hoffte, dass Susi ihr nicht anhörte, dass das eine schamlose Lüge war.

»Schatz, jetzt hab ich es endlich kapiert«, rief Theo und lenkte Susis Aufmerksamkeit von ihr auf sich.

Milla stieß erleichtert die Luft aus.

Gemeinsam gingen sie zu dem Automaten.

Theo zeigte seiner Frau stolz, wie die Kaffeemaschine funktionierte.

Immer noch mit ihren eigenen Gefühlen beschäftigt, blieb Milla etwas zurück und beobachtete die drei und das Objekt ihrer Aufmerksamkeit. Die monströse Kaffeemaschine, an die sie sich auch nicht rangetraut hatte, gab inzwischen übliche Geräusche von sich. Doch das war es nicht, was sie irritierte.

Die Maschine war staubig und an den verchromten Seiten fleckig von getrockneten Wassertropfen. Und das bei einer neuen Maschine, die die Besitzer nicht bedienen konnten? Sie trat näher heran. Auch auf den zweiten Blich wirkte die Maschine gebraucht und als sei sie nur eine Zeit lang nicht richtig sauber gemacht worden. Am hinteren Deckel des Bohnenbehälters war sogar eine winzige Ecke abgebrochen. Wie konnte es sein, dass Susi und Theo die Kaffeemaschine erst seit Kurzem im Haushalt hatten?

War das eine gebrauchte Maschine, die sie günstig erworben hatten? War es ihnen peinlich, das zuzugeben?

Seltsam!

Theos und Susis übrige Hauseinrichtung schien edel und exklusiv, war mit Sicherheit wahnsinnig teuer gewesen. Da passte es nicht, dass sie in ein altes Küchengerät investiert hatten.

War doch nicht alles so golden bei dem Paar, wie es auf den ersten Blick den Anschein hatte?

Milla bemühte sich, ihr Erstaunen zu verbergen. »Ich geh rasch duschen«, verkündete sie und eilte nach oben, um ihre Gedanken zu sammeln.

Im Bad angekommen, entkleidete sie sich und wollte gerade in die Dusche, als die Tür aufging und Joe hinzukam. Anders als sonst warf er nicht einen Blick auf ihren

Körper, sah sie nur ernst an. »Ich wollte allein mit dir sprechen«, begann er.

»Was ist los?«

»Susi, deine Freundin.« Er brach ab, schüttelte den Kopf, suchte wohl nach Worten.

»Sie hat nach Noah gesucht und ihn natürlich nicht gefunden, weil er bei uns im Zimmer war. Als ich das mitbekam, habe ich ihr den Kleinen gezeigt, der immer noch auf dem Bettvorleger schlief.«

»Ja, und?«

Er räusperte sich.

»Was ist?«

»Sie hat behauptet, ihn ewig im Haus gesucht zu haben. Und als sie ihn sah, hat sie ziemlich heftig reagiert.«

»Inwiefern?«

»Sie hat losgeschimpft, war extrem verärgert ...«

»Verärgert? Nicht erleichtert?«

»Nein, sie war richtig sauer. Sauer auf Noah und sauer auf mich.«

NEUN
DAS HAUS IM WALD

Josie

Leise schlich Josie aus dem Zimmer ihrer Eltern, schloss die Tür hinter sich und atmete erst mal tief durch. Dann machte sie sich auf den Weg zu Noahs Zimmer, das er im Moment mit ihrem Bruder teilte. Sie klopfte zweimal, öffnete die Tür, streckte ihren Kopf in den Türspalt. »Kannst du mal kommen?«, forderte sie Lenny auf.

»Klar«, antwortete er, sprang vom Schlafsofa auf und folgte ihr. »Was gibts?«, fragte er im Flur.

Sie schüttelte verschwörerisch den Kopf. »Nicht hier«, sagte sie und wies nach vorne, in Richtung ihres Gästezimmers. Dort angekommen, schloss sie sorgfältig die Tür, bevor sie flüsternd loslegte, als fürchtete sie, belauscht zu werden: »Hier geht was Komisches vor. Dad ist es auch aufgefallen. Er hat es gerade Mom erzählt.«

»Was meinst du? Das mit dem kleinen Freak?«

»Ja. Hast du mitbekommen, wie wütend seine Mutter war, als sie ihn im Zimmer unserer Eltern fand?«

»Nicht direkt. Was war da?«

»So wie ich es verstanden habe, hat Noah eine ganze

Weile bei ihnen im Zimmer geschlafen. Er hat auf dem Bettvorleger gepennt. Kannst du dir das vorstellen?«

»Nicht wirklich«, antwortete Lenny. »Ich hab nur mitbekommen, dass er nicht mehr in sein Bett zurückkam, hab mir aber weiter keine Gedanken gemacht. Susi hat ihn ja nach dem Geschrei heute Nacht mit in ihr Schlafzimmer genommen. Er muss gewartet haben, bis seine Eltern eingeschlafen waren, und ist dann wohl zu Mom und Dad ins Zimmer geschlichen.«

»Ganz schön schräg. Warum, denkst du, hat er das getan?«

»Keine Ahnung.«

Josie blickte wieder zur Tür, als könnte jemand lauschen. »Erinnerst du dich noch daran, wie seine Eltern erklärt haben, Noah habe Probleme mit Fremden?«, fragte sie immer noch im gedämmten Ton.

»Ja, genau. Damit haben sie auch sein Verhalten entschuldigt, wenn er seltsam war, bei Tisch kein Wort gesagt hat und all so was.«

»Nicht so laut«, mahnte Josie.

»Ja, schon gut«, antwortete Lenny und senkte ebenfalls seine Stimme. »Das ist alles schon komisch. Wenn Noah Angst vor Fremden hat, wieso verkriecht er sich dann bei Mom und Dad im Zimmer und pennt bei ihnen auf dem Bettvorleger statt bei seinen Eltern?«

Josie sah ihren Bruder an, nickte. »Das ist es, was ich nicht verstehe. Wenn er sich vor Fremden fürchtet, müsste er sich doch eher bei seinen eigenen Eltern verkriechen.«

»Mmh.« Lenny sah sie an, hob die Schultern. »Vielleicht hat er gar nicht bemerkt, wohin er gelaufen ist. Vielleicht schlafwandelt er ja. Würde mich bei dem Freak nicht wirklich wundern.«

Josie dachte über die Worte ihres Bruders nach, schüttelte dann den Kopf.

»Warum nicht?«, hakte Lenny nach.

»Überleg doch mal«, forderte Josie ihn auf. »Wenn Noah wirklich schlafwandeln würde, dann hätte er das auch früher schon mal gemacht. Seine Eltern wüssten davon und hätten uns bestimmt vorgewarnt, dass ihr Sohn nachts durchs Haus geistert. Sie haben aber nichts davon erwähnt. Also fällt das schon mal flach.«

Lenny stieß ratlos den Atem aus. »Und warum verhält sich der Typ dann so gruselig?«

»Gruselig?« Josie sah ihren Bruder nachdenklich an. »Ich finde nicht mehr, dass Noahs Verhalten gruselig oder Angst einflößend ist. Anfangs schon, aber jetzt …«

»Was ist jetzt anders?«

»Ehrlich gesagt, finde ich es gruseliger wie seine Eltern sich benehmen. Wenn du die beiden mit Mom und Dad vergleichst, was genau fällt dir dann auf?«

Lenny starrte sie ratlos an. »Keine Ahnung.«

»Sie wirken nicht wie die typischen Eltern. Noahs Vater benimmt sich, als wäre er selbst noch ein halbes Kind. Er redet mit Noah wie mit seinem Kumpel. Und die Mutter, diese Susi …« Josie brach ab, überlegte, wie sie das, was ihr durch den Kopf ging, ausdrücken sollte.

»Was ist mit ihr?«, fragte Lenny nach.

»Diese Susi kommt mir total überfordert vor. Fast so, als wäre sie nicht gern Mutter. Besonders liebevoll kümmert sie sich auch nicht um Noah. Es ist, als spielte sie uns nur was vor, als wollte sie, dass wir sie für eine tolle Mutter halten. Aber das ist nicht echt. Ich fürchte, wenn wir wieder weg sind, ist sie eiskalt. Ich glaub nicht, dass sie ihren Sohn gernhat.«

Lenny starrte sie an. »Das verstehe ich nicht.«

Josie stieß die Luft aus. »Erinnerst du dich, als ich vor knapp zwei Jahren nach der Schule zu einer Freundin gegangen bin? Ich hatte vergessen, daheim Bescheid zu sagen, und hatte noch kein Handy. Mom war krank vor

Sorge, und als sie mich schließlich gefunden hat, ist sie vor Erleichterung in Tränen ausgebrochen. Sie hat nicht geschimpft, war einfach nur froh, dass ich wieder da bin und mir nichts passiert war.«

»Du meinst, so ähnlich wie damals, als ich mich versteckt habe und mich keiner von euch gefunden hat?«

»Genau«, gab Josie zurück. »Auch damals war Mom einfach nur erleichtert, dass du unversehrt bist. Aber Susi vorhin … Hast du ihre Augen gesehen, als sie Noah aus Moms und Dads Zimmer gezerrt hat? Sie war dermaßen sauer auf ihn und überhaupt nicht froh, dass es ihm gut geht. Ich finde, dass das nicht normal ist. Genauso wenig wie Noahs Verhalten uns allen gegenüber.«

Lenny kniff die Augen zu Schlitzen zusammen. »Du glaubst, sie misshandelt ihn?«

»Vielleicht. Das würde zumindest erklären, warum er so verstört ist.«

»Du meinst wohl eher gestört …«

»Nein!«, Josie sah ihren Bruder ernst an. »Denk mal genau drüber nach! Noah spricht kaum, hat Albträume. Wenn ihr abends allein im Zimmer seid, starrt er dich an. Was, wenn er dir etwas sagen will, aber Angst hat, es auszusprechen? Und seine Eltern … natürlich machen sie sich Sorgen, dass er jemandem erzählen könnte, was zu Hause los ist. Deswegen haben sie ihm vielleicht gedroht, dass was Schlimmes passiert, wenn er über das spricht, was sie ihm antun.«

»Du denkst, dass es beide sind?«

Josie nickte. »Zumindest glaube ich, dass der Vater weiß, was Susi macht, und trotzdem schweigt. So ergibt auch die kumpelhafte Art, mit der er seinen Sohn behandelt, einen Sinn.«

»Du meinst, die spielen guter Cop und böser Cop mit ihm?«

»Unbewusst ja. Susi ist diejenige, die die Kontrolle

verliert, weil sie nicht mit Noahs Krankheit oder was auch immer zurechtkommt. Sie behandelt ihn deswegen beschissen, weil sie denkt, dass sie so ein Kind nicht verdient hat. Sie lässt ihren Ärger an ihm aus, schlägt ihn. Vielleicht sagt sie ihm sogar, dass sie ihn hasst. Und Theo … Er bekommt das natürlich mit, kann oder will aber nichts dagegen machen. Also versucht er, die Taten seiner Frau irgendwie auszubügeln, indem er seinem Sohn vermittelt, sein Kumpel zu sein.«

Lenny nickte nachdenklich, hob dann die Brauen. »Was ihn zu einem noch größeren Arschloch macht, weil er zulässt, was seine Frau ihrem Jungen antut. Er nimmt es hin, ohne zu helfen, denkt, dass alles schon irgendwie passt, wenn wenigstens er nett zu Noah ist.«

Josie stieß die Luft aus, schüttelte den Kopf. »Komm mit«, sagte sie entschlossen zu ihrem Bruder.

»Willst du es Mom und Dad sagen?«

Sie verneinte. »Die glauben uns eh nicht. Ich hab eine bessere Idee.«

Sie ging aus dem Raum, winkte Lenny, ihr zu folgen, und marschierte zu Noahs Zimmer. Vor der Tür blieb sie stehen, presste ihr Ohr an das Holz. Dann klopfte sie, drückte die Klinke hinunter.

Der kleine Junge saß am Boden, starrte auf seine Eisenbahn.

Er hob nicht einmal den Kopf, um zu ihr aufzusehen. Beinahe, als wäre ihm alles scheißegal.

»Darf ich reinkommen?«, fragte sie trotzdem.

Keine Reaktion.

Sie setzte sich ihm gegenüber, sah ihn eine Weile schweigend an. Auch darauf reagierte er nicht.

Selbst als Lenny sich mit einem lauten Seufzen auf das Schlafsofa fallen ließ, gab Noah keinen Mucks von sich.

Er starrte nur weiter vor sich hin, schien wie in seiner eigenen Welt zu sein.

»Hey, Noah, magst du mir erzählen, wieso du letzte Nacht bei unseren Eltern im Zimmer geschlafen hast?«, fragte Josie leise.

Nichts.

»Hast du schlecht geträumt?«

Keine Antwort.

»Bestimmt hattest du große Angst, nicht wahr?« Josie achtete darauf, ihre Stimme warm und freundlich klingen zu lassen. Irgendwie musste es ihr doch gelingen, zu Noah vorzudringen. »Als ich in deinem Alter war, hatte ich auch schlimme Träume, weißt du?«, plauderte sie einfach weiter. »Ich hab von Hexen und Monstern geträumt. Die sahen richtig schaurig aus, hatten große Zähne und Klauen. Ich bin oft schweißgebadet wach geworden und konnte dann nicht mehr einschlafen, hab mich deswegen zu Mom und Dad ins Bett gekuschelt. Dann war alles gut und ich hab mich nicht mehr gegruselt.«

Sie blickte zu Lenny hinüber. »Du kennst das auch, nicht wahr, Bruderherz?«

Er sah sie an, schien nicht zu verstehen. Sie riss die Augen auf, starrte ihn grimmig an, bis er endlich begriff, was sie ihm mitteilen wollte. »Ah ja, jetzt weiß ich, was du meinst«, fiel er in ihre Schilderungen ein. »Als ich den Hobbit-Film gesehen hatte, hatte ich auch einen schlimmen Traum. Der böse Ork hat mich in meinem Traum verfolgt, er wollte mich fressen.«

»Hast du auch den Hobbit gesehen?«, fragte Josie, an Noah gerichtet.

Zuerst sah es aus, als würde Noah wieder nicht auf ihre Frage reagieren, doch dann schüttelte er zaudernd den Kopf.

Sie atmete innerlich auf.

»Haben deine Eltern dir verboten, den Film zu sehen?«

Ein zaghaftes Nicken.

»Bist du deswegen wütend gewesen?«

Er sah auf, wirkte erstaunt, schüttelte dann den Kopf.

»Und letzte Nacht«, wagte sie sich weiter vor, »hattest du da wirklich einen schlechten Traum?«

Kopfschütteln.

»Aber du hattest Angst?«

Nicken.

»Vor uns?«

Er senkte den Blick, dann verneinte er stumm.

»Vor unseren Eltern?«

Wieder Kopfschütteln.

»Bist du deswegen zu ihnen ins Zimmer gegangen? Weil du sie magst, ihnen vertraust? Du weißt, dass sie gute Menschen sind, nicht wahr?«

Noah sah wieder zu ihr auf, starrte sie eine Weile an, nickte schließlich.

»Okay«, schlussfolgerte Josie. »Du hattest also keine Angst vor uns oder unseren Eltern, aber vor wem dann?«

Schweigen.

»Hast du denn ... jetzt gerade Angst?«, schaltete sich Lenny ein.

Noah sah zu ihrem Bruder, nickte dann ganz langsam.

»Verrätst du mir, wovor?«

Der kleine Junge schien zu überlegen, schüttelte dann den Kopf.

»Ist dir irgendwas Schlimmes passiert?«, fragte Josie. »Etwas, von dem du glaubst, dass du es niemandem sagen kannst?«

Noah ballte die Hände zu Fäusten, schien mit einem Mal wütend zu werden.

»Hat jemand dir wehgetan?«

Er sah auf, nickte zögernd.

»Aber du darfst nicht darüber sprechen?«

Noah begann unvermittelt zu zittern.

»Du kannst mir vertrauen, Noah. Was ist los?«, fragte Josie.

Plötzlich brach Noah in leises Gewimmer aus.

Etwas in Josie brach. Sie fühlte sich hoffnungslos überfordert. »He Noah, Kleiner, wenn du uns nicht sagst, was los ist, können wir dir nicht helfen.«

»Uns kann niemand helfen«, stieß Noah aus.

Schockiert registrierte Josie, dass dies der erste vollständige Satz war, den sie von dem Jungen hörte. Und er klang dabei völlig normal. »Wen meinst du mit uns, Noah? Deine Eltern und dich?«

Er nickte.

»Sind sie es, die dir wehtun?«, schoss Josie ins Blaue.

Eine Weile passierte nichts, dann sah Noah sie mit finsterem Blick an.

»Deine Mutter ist es, nicht wahr?«

Noah verzog das Gesicht, sagte aber nichts. Dann brach er in Tränen aus.

»Soll ich deinen Vater holen?«, fragte sie sanft, hob Noahs Kinn mit dem Zeigefinger an, musterte ihn mitleidig. »Er scheint zumindest netter zu sein.«

Noahs Gesichtsausdruck veränderte sich schlagartig. Wirkte er zuvor verzweifelt, schien er jetzt nur noch zornig zu sein. Heftig den Kopf schüttelnd starrte er zu Lenny und wieder zu Josie. Dabei hob er seine Hand, setzte den Daumen an der linken Halsseite an, fuhr damit bis zur anderen Seite. Eine absolut unmissverständliche Geste.

»Er ist nicht so nett, wie er vorgibt zu sein. Willst du das damit sagen?«, fragte Josie.

Noah senkte den Blick, schüttelte den Kopf.

Josie sah zu ihrem Bruder. »Hast du gehört, Lenny?

So viel zu deiner Theorie, dass Theo cool zu seinem Sohn ist.«

»Was soll das heißen?«

»Na, denk mal nach«, forderte sie ihn abfällig grinsend auf.

»Du meinst damit, dass er Noah nur etwas vormacht?«, fragte Lenny halblaut. »Dass er sich verstellt, wenn er so tut, als wäre er sein Kumpel?«

Josie schüttelte langsam den Kopf. »Nein. Theo macht nicht Noah etwas vor, Lenny. Er macht uns was vor.«

ZEHN
DAS HAUS IM WALD

Milla

»Sollen wir mal langsam runtergehen?«, fragte Joe, als sie sich endlich fertig angekleidet hatten.

»Du hast Hunger? Oder warum drängelst du so?«

Er nickte. »Wie ein Wolf. Du etwa nicht?«

Milla schüttelte den Kopf. »Nicht wirklich. Weißt du schon, was Susi und Theo für heute geplant haben?«

»Bis jetzt nicht. Gestern Abend meinte er, dass heute bestes Angelwetter sei. Ich schätze, er will mit mir zum Fliegenfischen raus. Was ja der Grund für die Einladung war – wir hatten geplant, zusammen am Achterwasser zu fischen.«

Sie nickte nachdenklich.

»Was hast du?«

»Ach nichts«, gab sie zurück.

»Schatz, ich bin nicht blöd, irgendwas geht dir doch im Kopf herum.«

»Wenn ich ehrlich bin, hätte ich heute gerne ein paar Stunden für mich. Ich möchte zu Dads Grab, ein wenig in Ahlbeck herumlaufen, sehen, was sich so verändert hat. Jetzt, wo ich schon mal hier bin, sollte ich die Gelegenheit nutzen.«

Er legte die Stirn in Falten. »Dann mach das doch. Susi wird das sicher verstehen.«

»Und wenn nicht? Was, wenn sie sich schon etwas für uns zwei überlegt hat?«

»Dann sagst du zu ihr, dass sie ihre Pläne für euch auf den Nachmittag verschieben soll, weil du zuerst auf den Friedhof willst. Ist doch kein großes Ding. Du willst deinen toten Vater besuchen, wer, wenn nicht deine ehemals beste Freundin, würde das nicht verstehen?«

Milla sah Joe an, nickte. »Du hast recht. Ich werde ihr beim Frühstück sagen, was ich vorhabe, und dann sehe ich ja, was sie dazu sagt.«

»Dann los«, forderte Joe sie auf. Er klang ungeduldig. »Wir holen die Kinder und gehen in die Küche. Ich rieche den gebratenen Speck bis hier hoch und mir läuft bereits das Wasser im Mund zusammen.«

Die Stimmung bei Tisch war zweigeteilt. Joe, Theo und Susi plapperten gut gelaunt über dies und das. Die Kinder hingegen gaben keinen Mucks von sich, als hätten sie sich verschworen.

Lenny stopfte sich lustlos einen Pancake nach dem anderen in den Mund, schien nicht einmal zu bemerken, dass Theo Früchte in den Teig eingebacken hatte, was ihr Sohn sonst überhaupt nicht mochte.

Josie stocherte lustlos in ihrem Rührei herum, warf hin und wieder einen Blick zu Noah, der aussah, als wäre er an jedem anderen Ort lieber, nur nicht hier.

Milla bemerkte das zwar, konnte sich aber keinen Reim darauf machen, also lauschte sie weiter dem Smalltalk der Erwachsenen. Es ging wieder um die Kaffeemaschine, die Theo als Monster betitelte, das er endlich besiegt habe.

»Ich hab tatsächlich im Internet eine Gebrauchsanweisung in Videoformat gefunden«, erklärte er. »Der Film hat über siebentausend Likes, was bedeutet, dass ich nicht der einzige Vollpfosten bin, der mit dem Teil nicht zurechtkommt.«

»Mach dir nicht so viele Gedanken«, wandte Susi ein. »Das ist ein neues Gerät. Was glaubst du, wie lange ich gebraucht habe, bis ich die KitchenAid bedienen konnte. Und das Ding hat nicht einmal ein Drittel der Technik der Kaffeemaschine im Inneren.«

Milla suchte Joes Blick, doch der war vollkommen bei Theo. Bemerkte er denn nicht, wie widersprüchlich das alles war?

Diese Kaffeemaschine war alt und schon lange in Gebrauch. Wem wollten Susi und Theo was vormachen? Und warum? Wieso logen beide so dreist? Weil es ihnen peinlich war, dass sie ihr eigenes Küchengerät nicht bedienen konnten? Oder steckte etwas anderes dahinter?

War am Ende sie diejenige, die sich an Kleinigkeiten aufhängte, die nicht relevant waren? Reagierte sie einfach nur hypersensibel auf jede Ungereimtheit, weil sie nach all den Jahren wieder hier war und sich mit jeder Zelle ihres Körpers dagegen wehrte, dass sich alte Gefühle und Erinnerungen an die Oberfläche drängten?

Sie sah zu Susi, die ihren Blick bemerkte. Die Freundin legte den Kopf schräg, lächelte. »Was machen wir zwei Hübschen heute?«

»Ich wollte eigentlich ...«, setzte Milla zu einer Antwort an.

»Was für eine Frage«, fiel Theo ihr ins Wort. »Natürlich geht ihr Mädels nachher shoppen und danach mit den Kindern an den Strand. Das Wetter ist traumhaft und ihr werdet einen perfekten Tag miteinander verbringen.«

Susi sah von ihrem Mann zu Milla. »Ist das okay für dich?«

Milla seufzte innerlich, nickte dann.

Joe sah sie überrascht an, zwinkerte ihr zu, was sie wütend machte. Was hätte sie auch tun sollen? Susi die Stimmung vermiesen, indem sie etwas vom Friedhof und nostalgischen Erinnerungen faselte, die sie aufleben lassen wollte?

Sie schüttelte unmerklich den Kopf in Joes Richtung. Wenn er jetzt petzte, würde er allen die Stimmung verderben. Doch er tat nichts dergleichen, schien sich schlicht auf das ihm bevorstehende Männerabenteuer zu freuen. Ohne Frauen. Ohne die Kinder. So wie es ursprünglich geplant gewesen war. Er und sein Kumpel.

Susi wollte es offenbar genauer wissen. »Und ihr?«, fragte sie und sah von ihrem Mann zu Joe.

»Bei uns bleibt es dabei. Wir gehen angeln«, sagte Theo und strahlte.

»Na dann sind ja alle zufrieden«, stellte Susi gutgelaunt, fest und warf einen prüfenden Blick auf ihren Sohn, der immer noch stoisch auf seinen Teller starrte. Besorgt zog sie die Stirn in Falten. »Schatz, wieso isst du nichts?«

Noah reagierte nicht. Er blickte nicht mal von seinem Teller auf.

Susi sprang hoch, eilte um den Tisch herum, legte ihm ihre Handfläche sanft auf die Stirn. Doch Noah schien die Berührung unangenehm zu sein. Er zuckte zurück.

Aber war das nicht typisch für Kinder mit autistischen Störungen?, fragte sich Milla, die inzwischen einiges darüber im Internet gelesen hatte.

»Fieber hat er nicht«, stellte Susi fest und seufzte unschlüssig.

»Ich glaube, dass er einfach nur müde ist«, sagte Milla. »Er hat nicht viel Schlaf bekommen letzte Nacht, als er bei uns im Zimmer lag«, kam sie bewusst auf die seltsame Situation zu sprechen. »Ich glaube nicht, dass er großartig zur Ruhe gekommen ist, so laut wie Joe schnarcht.«

Gespannt wartete sie darauf, wie Susi auf ihre Anspielung reagieren würde.

Doch die beachtete sie nicht, war nur mit Noah beschäftigt. Sie beugte sich zu ihm herunter. »Komm, ich bring dich nach oben, ja? Du legst dich noch ein bisschen hin und am Nachmittag sehen wir weiter.« Sie sah seufzend zu Milla. »Ich fürchte, mit dem Shoppen wird es nichts. Ich bleibe lieber bei Noah. Nicht dass er doch etwas ausbrütet.«

Milla fiel ein Stein vom Herzen. So konnte sie ihren Plan noch in die Tat umsetzen. Die Kinder würde sie auf dem Friedhof bitten, ruhig zu sein, und beim Shoppen würden sie es sich zu dritt gut gehen lassen.

Lenny stöhnte. »Mom, ich hab keinen Bock in irgendwelche Geschäfte zu gehen. Das dauert immer ewig bei Josie und dir.«

»Von mir aus kannst du gern hierbleiben«, sagte Susi lächelnd. »Vorausgesetzt, deine Mutter ist damit einverstanden.«

»Ich hab eine bessere Idee«, meldete sich Josie. »Ich bleibe mit Lenny bei Noah. Ihr beiden könnt dann zusammen in die Stadt fahren.«

Milla fiel auf, dass Susi sprachlos von ihrer Tochter zu Lenny starrte. »Das würdet ihr machen?«

Josie nickte eifrig und Lenny stimmte zu.

»Ich dachte, ihr hättet eure Probleme mit meinem Jungen«, sagte Susi beinahe unhörbar.

Josie hob die Schultern, wandte sich Noah zu. »Wir kommen klar, stimmts?«

Noah sah zu ihr auf, nickte.

»Ich komm auch mit ihm klar«, bestätigte Lenny. »Er redet zwar nicht viel, doch wir verstehen uns trotzdem.«

Susi sah stirnrunzelnd von einem Kind zum anderen, schien im ersten Augenblick nicht zu wissen, wie sie auf die überraschend geschlossene Freundschaft der drei reagieren sollte.

Auch Milla war verblüfft und wusste nicht, was sie davon halten sollte.

Doch Susi schüttelte resolut den Kopf. »Das ist echt süß von euch, Kinder, aber ich kann Noah nicht allein lassen. Nicht, wenn es ihm offensichtlich nicht gut geht …« Sie sah ihn an, legte den Kopf schief. »Mami bleibt bei dir, Schatz, keine Angst.« Sie ruckelte an seinem Stuhl. »Ich bring dich nach oben, komm mein Kleiner.«

Milla beobachtete, wie Noah sich schwerfällig erhob, einfach davonging, ohne auch nur einen Blick zurückzuwerfen.

Sie sah ihre Kinder an, die sie mit seltsam intensiven Blicken anstarrten, als ob sie ihr etwas mitteilen wollten, kam aber nicht dazu, nachzufragen.

Joe räusperte sich. Sie drehte den Kopf.

»Du könntest ja auf den Friedhof fahren und dir Ahlbeck ansehen, anschließend Susi etwas Gesellschaft leisten. Vielleicht geht es Noah später besser, dann könnt ihr wenigstens an den Strand.«

»Hab ich Friedhof gehört?«, fragte Susi, die unbemerkt zurück in die Küche gekommen war.

»Schläft Noah?«, fragte Theo, ohne auf ihre Frage einzugehen.

Sie schüttelte den Kopf. »Er ist in seinem Zimmer, wollte sich einfach ein wenig ausruhen. Ich schätze, Milla hat recht, er ist einfach übermüdet.« Sie wandte sich ihr zu. »Hab ich das richtig gehört? Du willst nach Ahlbeck auf den Friedhof?«

Milla nickte. »Ist das okay für dich? Ich werde nicht allzu lange bleiben.«

Susi winkte ab. »Hör mal, ich werd doch wohl mit drei Kindern zurechtkommen. Du besuchst deinen Vater und gehst anschließend gemütlich bummeln. Sowie es Noah besser geht, schnappe ich die Kinder und gehe an den Strand mit ihnen. Komm einfach nach, wenn zu zurück bist.«

Milla sah Lenny, dann Josie an. »Ist das für euch in Ordnung?«

Die beiden nickten einstimmig, was selten genug vorkam. Da musste was anderes dahinterstecken, das Milla noch nicht durchschaute.

»Dann ist es ja geritzt«, rief Susi. »Die Männern gehen angeln. Milla hat etwas Zeit für sich und ich bleibe bei den Kindern, bis es Noah besser geht und wir zum Baden gehen können.«

Im Zimmer oben starrte Milla nachdenklich aus dem Fenster und schrak zusammen, als sie Joes Arme spürte, die sich von hinten um sie schlangen. Er küsste sie in den Nacken. Doch im Moment ließ diese zärtliche Geste sie gänzlich unberührt. Sie drehte sich in seiner Umarmung um, sah ihn nachdenklich an. »Ist dir auch aufgefallen, wie merkwürdig das vorhin war?«

»Was meinst du?«

»Zuerst die Kaffeemaschine. Sie behaupten, das Teil sei neu, doch ein Blinder kann sehen, dass das ein älteres Gerät ist.«

»Glaubst du etwa, sie haben die Maschine geklaut?«, flachste Joe.

Sie schnaubte genervt. »Das ist nicht witzig, Joe. Ich finde einfach, dass es seltsam ist, dass Theo und Susi das Teil nicht bedienen können.«

»Na ja, Theo ist Informatiker und kein Maschinen-Experte oder Ingenieur. Er hat einfach kein Händchen für Technik, genauso wenig wie ich.«

»Immerhin wusstest du, wie man sie einschaltet und einen Kaffee herausbringt.«

»Weil ich diesen Gerätetyp kenne«, erklärte er. »Das Teil ist aus der Gastroserie des Herstellers, die Teile sind wirklich kompliziert zu bedienen.«

»Aber Theo lügt, wenn er behauptet, sie sei neu.«

»Und wenn er sie erst kürzlich gebraucht gekauft hat?«

»Das dachte ich auch zuerst. Aber sieh dich doch mal im Haus um. Sieht hier irgendein Einrichtungsgegenstand so aus, als würden die Bewohner sich ein gebrauchtes Küchengerät anschaffen? Das Interieur, jedes einzelne Gerät oder Teil der Ausstattung ist verdammt teuer gewesen, das erkennt sogar ein Laie wie ich. Warum also eine gebrauchte Kaffeemaschine?«

Joe starrte sie an, verzog das Gesicht. »Was ist wirklich los mit dir? Warum diese plötzlichen Zweifel?«

»Dieses Kind, Noah, ich verstehe einfach nicht, wieso er bei uns geschlafen hat, anstatt bei seiner Mutter zu bleiben. Und dann Susi. Sie wirkt auf mich so anders als früher.«

»Wie? Was meinst du mit anders?«

»Ich weiß auch nicht, wie ich es beschreiben soll. Sie kommt mir vor, als spielte sie mir etwas vor. Und das beunruhigt mich. Ich fühle ich mich in ihrer Gegenwart anders als früher, irgendwie unwohl.«

Joe sah sie an. »Vielleicht liegt es an der Umgebung. Du wolltest gar nicht herkommen. Und jetzt projizierst du deine Abneigung gegen deine alte Heimat auch auf deine frühere Freundin.«

Was Joe sagte, ergab durchaus Sinn, aber das war nicht der Grund für ihre innere Unruhe. Doch anstatt es ihm ehrlich zu sagen, nickte sie nur, um des lieben Friedens willen.

»Sei doch froh«, sagte Joe lächelnd, zog sie wieder näher zu sich. »Selbst die Kinder scheinen sich inzwischen wohlzufühlen, kommen sogar mit dem kleinen komischen Kauz zurecht. Ist dir vorhin aufgefallen, wie die beiden zusammengehalten haben, nur um dich nicht zum Shoppen begleiten zu müssen?«

Milla nickte. »Das ist auch so eine seltsame Sache … Josie würde nie freiwillig auf eine Shoppingtour verzichten, weil sie weiß, dass sie dabei immer etwas abstaubt, ohne ihr Taschengeld anrühren zu müssen. Doch diesmal beharrt sie darauf, bei Lenny und Noah zu bleiben – warum?«

Joe hob die Schultern, küsste sie zärtlich auf die Nasenspitze. »Vielleicht, weil doch hin und wieder Wunder passieren?«

Milla seufzte innerlich. Ihr verdammter Ehemann schwebte auf Wolke sieben und sie konnte sagen, was sie wollte, er würde für alles eine Erklärung finden.

»Ich sehe noch kurz nach den Kindern, bevor ich losfahre«, sagte sie daher, löste sich von ihm, verschwand aus dem Zimmer. Natürlich wusste sie, dass ihr Verhalten auf Joe paranoid wirken musste, doch das war ihr egal.

Sie spürte einfach, dass in diesem Haus, in dieser Familie etwas Schräges vor sich ging. Und eigentlich sollte ihr das egal sein. So eng war sie mit Susi nicht mehr. Noch mehr Traumata, die mit dieser Insel zu tun hatten, ertrug sie nicht und sie würde auf der Hut sein.

Minuten später klopfte sie an Josies Zimmer, sah Lenny auf ihrem Fensterbrett-Sofa sitzen, trat ein.

»Was ist hier los?«, fragte sie und hoffte, dass ihre strenge Stimme keinen Zweifel daran ließ, dass sie eine aufrichtige Antwort erwartete.

»Wir wollen wirklich bei Noah bleiben«, erklärte Lenny. »Ich glaube, er hat Angst so ganz allein. Wir wollen auf ihn aufpassen, mit ihm spielen und versuchen, dass wir vielleicht doch noch richtige Freunde werden können. Irgendwie tut er mir nämlich leid.«

»Ich dachte, du hältst ihn für einen … wie sagtest du neulich … Freak?«

Lenny lief knallrot an. »Ich hab meine Meinung eben geändert. Noah ist bestimmt kein Freak. Er scheint einfach nur ängstlich zu sein und das tut mir leid, deswegen will ich hierbleiben. Hier bei ihm.«

»Dass du nicht mitkommen willst, beunruhigt mich auch nicht wirklich«, gab Milla zurück. »Aber Josie, was ist mit dir? Du liebst es, einkaufen zu gehen. Was ist deine Ausrede?«

»Noah«, sagte ihre Tochter knapp. »Wie Lenny schon sagte, ich glaube, dass er schreckliche Angst hat.«

»Deswegen bleibt ja auch seine Mutter bei ihm.«

Lenny und Josie sahen sich einen Augenblick schweigend in die Augen, dann richteten sie ihre Blicke auf sie. »Das ist ja das Problem«, kam es zögernd von ihrer Tochter. »Ich glaube, dass Noah furchtbare Angst vor den beiden hat. Vor seinen eigenen Eltern.«

ELF
DAS HAUS IM WALD

JOSIE

»Wie kommt ihr beiden denn auf so etwas?«, fragte ihre Mutter, sah fragend von Lenny zu ihr.

Josie seufzte. »Noah hat sich mit dem Daumen über den Hals geritzt, also diese typische Killergeste, die Leute machen, wenn sie jemandem drohen, ihn umzubringen. Er hat das jetzt schon zweimal gemacht. Zuerst vor Lenny und vorhin auch vor mir.«

»Einfach so oder gab es einen Grund?«

»Wir haben über Theo gesprochen. Ich glaub, Noah hat mir zeigen wollen, dass er nicht so nett ist, wie er vorgibt.«

Lenny neben ihr wackelte nervös mit dem Fuß auf und ab. »Da hörst du es, Mom. Mir wolltest du es ja nicht glauben. Jetzt hat er es wieder gemacht. Und ich hab dir ja schon erzählt, was er heute Nacht zu mir gesagt hat.«

Josie runzelte die Stirn. »Davon hast du mir aber noch nichts erzählt. Was war denn da?«

»Ich hab es Mom erzählt.«

»Was denn? Sag schon!«

»Der Kleine ist krank, Lennard, oder zumindest hat er eine Geistesstörung oder wie immer man Autismus auch nennt«, erklärte Mom. »Ich denke, dass es ihm schwerfällt, auszudrücken, wenn er jemanden mag. Er hat das wahrscheinlich nur halb so düster gemeint, wie du es aufgeschnappt hast.«

»Was genau hat er gesagt?«

»Ich will nicht, dass du stirbst.«

Josie starrte ihren Bruder an. »Das hat er letzte Nacht gesagt? Zu dir?«

Lenny nickte.

Milla nahm beide ins Visier. »Deshalb versteh ich auch nicht, dass ihr jetzt auf einmal bei Noah bleiben wollt. Nach allem, was war, hätte ich eher gedacht, ihr würdet jede Möglichkeit nutzen, hier rauszukommen. Ist inzwischen was passiert, was ich nicht mitbekommen habe, zwischen euch und Noah?«

Josie sah von ihrer Mutter zu Lenny, dann straffte sie die Schultern. »Na und? Dann ist er eben manchmal komisch. Aber er ist nur ein Junge. Und ich bleibe bei ihm.«

»Ich auch.« Lenny schob trotzig die Unterlippe vor.

»In Ordnung«, stimmte Milla zu. »Dann bleibt hier bei Noah. Aber versprecht mir, dass ihr keinen Blödsinn macht. Vor allem nicht mit Noah, ja?«

Josie verdrehte die Augen. »Ich bin zwölf, nicht sechs. Und wenn du wissen willst, warum wir hierbleiben, dann sag ichs dir halt. Lenny will genau wie ich herausfinden, was mit Noah los ist. Wir denken nämlich, dass es einen Grund gibt, warum Noah so sonderbar ist. Und das ist nicht seine Krankheit. Wenn seine Eltern dahinterstecken, werden wir ihm helfen.«

»Na schön.« Milla nickte. »Das ihr für ihn da sein wollt, ist toll. Aber sprecht mit mir, ehe ihr irgendetwas unternehmt. Bitte. Und da wir gerade dabei sind: Gibt es sonst noch etwas, was ihr mir verschweigt? Hat Noah vielleicht etwas gesagt, was euch glauben lässt, er habe Angst vor Susi und Theo?«

Josie stieß die Luft aus. »Da muss er nicht groß was sagen. Reicht es nicht, dass er lieber bei dir und Dad auf dem Bettvorleger geschlafen hat als bei seiner Mutter? Und was glaubst du, warum er nachts aufwacht, weil er Albträume hat und dann jämmerlich weint?«

Milla zog die Brauen empor.

»He, Mom! Das ist noch nicht alles, er will ja noch nicht mal, dass wir seine Eltern rufen und ihnen sagen, dass es ihm nicht gut geht.«

»Ihr denkt also tatsächlich, dass Susi und Theo ihn schlecht behandeln?«

Josie schnaubte. »Keine Ahnung, ob sie beide daran schuld sind. Aber vor allem deine Freundin, diese Susi, die benimmt sich Noah gegenüber ziemlich schräg. Kann sein, dass sie überfordert ist, weil er krank ist, und dass sie das an Noah auslässt. In Ordnung ist das aber nicht.«

»Okay«, gab Milla nach. »Aber noch mal: Versprecht mir bitte, nichts Unüberlegtes zu tun. Bedrängt Noah nicht, damit er etwas sagt, was er vielleicht gar nicht will. Und ihr werdet auch nicht beim Jugendamt anrufen oder dergleichen, verstanden?«

Josie wich dem Blick ihrer Mutter aus.

»Josephine, ich will, dass du es mir versprichst!«

»Ich werde nirgends anrufen.«

»Das hast du damals auch gesagt.«

Josie erwiderte Millas strengen Blick und ahnte nichts Gutes.

»Erinnerst du dich an die Sache mit Frau Webers Hund?«, fuhr Milla dann tatsächlich fort.

Josie lief knallrot an. »War ja klar, dass das jetzt kommt«, maulte sie. »Ich hab es doch nur gut gemeint.

Ich dachte wirklich, dass die Weber ihn verprügelt und ihm nichts zu essen gibt.«

»Und warum dachtest du das?«

»Weil sie eine grantige Kuh ist und zu uns Kindern immer richtig fies war. Sie wollte nicht, dass wir Chappy streicheln oder ihm Leckerlies geben. Und als er in der Nacht immer so gejault hat, dachte ich eben, dass er leidet, wegen ihr.«

»Und erinnerst du dich auch noch daran, was passiert ist, als du beim Tierschutz angerufen hast?«

Lenny neben ihr kicherte.

Josie sah ihn böse an, dann wandte sie sich ihrer Mutter zu. »Ich wusste nicht, dass Chappy Krebs hat und deswegen so abgemagert ist und nur bestimmte Sachen essen durfte. Ich hab mich ja auch dafür bei Frau Weber entschuldigt und es tut mir leid. Was soll ich noch sagen?«

»Ich will nicht, dass du hier etwas Ähnliches veranstaltest, damit das klar ist. Diesmal geht es nicht um einen Hund, sondern um einen Menschen. Es geht um Noah, um ein Kind, das es schon schwer genug hat. Und das Jugendamt fackelt nicht lange, verstehst du? Eine falsche Anschuldigung kann das Leben so vieler Menschen auf den Kopf stellen. Ich hab so was schon während meiner Arbeit miterleben dürfen.«

»Ich verspreche es, Mom. Keine Anrufe, kein Versuch, jemanden zu retten, ohne vorher mit Dad oder dir darüber zu sprechen. Reicht das?«

»Gut, ich vertrau euch«, sagte Milla und sah zu Lenny. »Und du benimm dich, ja? Wenn Susi etwas zu dir sagt, dann hörst du auf sie, solange ich weg bin. Und noch mal: Bedränge Noah nicht, verstanden?«

»Jawohl, Sir!«

Eine knappe Stunde später kam Susi zu ihnen nach draußen, die Hände hinter dem Rücken. Josie unterbrach das Ballspiel mit Lenny und sah ihr entgegen.

»Na ihr beiden, wer von euch will denn ein Eis?«, fragte Susi verschmitzt.

Lenny hob die Schultern. »Ich nehm eins.«

Susi lächelte Josie. »Und du?«

»Klar, warum nicht.«

Susis Lächeln wurde breiter, sie nahm die Arme hinter dem Rücken hervor, reichte jedem von ihnen ein großes Magnum am Stiel. »Wusste ich es doch. Lasst es euch schmecken. In einer halben Stunde machen wir uns auf den Weg zum Strand.«

»Ist Noah denn wieder okay?«, fragte Josie.

Susi wiegte den Kopf. »Ich werde gleich nach ihm sehen. Er hat sich hingelegt. Aber es wird Zeit, dass ich ihn wecke. Wenn er tagsüber viel schläft, treibt es ihn nachts nur umso mehr um.« Sie sah von ihr zu Lenny. »Freut mich übrigens sehr, dass ihr euch jetzt doch mit meinem Jungen zusammengerauft habt. Er kann ein paar neue Freunde wirklich gebrauchen. Vielleicht hilft es ihm ja, wenn er ein bisschen Zeit mit anderen Kindern verbringt.«

»Noah ist ganz in Ordnung, wenn man mal kapiert hat, wie er tickt«, sagte Lenny.

Susi musterte ihn stumm. »Hast du das denn?«, fragte sie leise. »Hast du es kapiert?«

»Was meinen Sie?« Lennys Stimme klang etwas zu piepsig, als sei er verunsichert.

»Na, was wohl? Hast du meinen Sohn durchschaut? Ich dachte wirklich, dass er dir Angst macht. Hast du deiner Mutter gegenüber nicht so etwas erwähnt? Ihn sogar Freak genannt?«

Josie bemerkte, wie ihr Bruder sich verkrampfte.

Jetzt nur nicht das Falsche sagen, beschwor sie Lenny

im Stillen, als könnte sie durch die pure Macht ihrer Gedanken sein Gehör erreichen.

»Woher wissen Sie das?«, flüsterte Lenny.

»Ich hab neulich euer Gespräch mitbekommen.«

Josie sah zu ihrem Bruder, bemerkte, dass sein Gesicht knallrot angelaufen war.

»Tut mir leid«, stieß er aus. »Das hätte ich nicht sagen dürfen.«

Susi verzog das Gesicht zu einem warmen Lächeln. »Schon okay, Lenny. Ich bin es gewohnt, dass die Leute Noah anfangs mit Misstrauen begegnen. Erwachsene sind da kaum besser. Und du bist ein kleiner Junge. Natürlich kommt dir Noahs Benehmen anfangs merkwürdig vor. Er neigt ja auch dazu, sich vollkommen falsch auszudrücken. Manchmal sagt er etwas Missverständliches, weckt falsche Vorstellungen von sich oder seiner Familie, versteht ihr?«

Josie nickte, warf Lenny einen verschwörerischen Blick zu, damit er jetzt besser nichts mehr sagte.

»Themawechsel«, rief Susi mit einem strahlenden Lächeln. »Ich bereite etwas für ein Picknick am Strand vor. Auf welche Snacks habt ihr Lust?«

»Ich mag Sandwiches«, stieß Lenny aus und Josie sah ihm an, dass er erleichtert war. Genau wie sie. Susies Andeutungen hatten sie auch überfordert.

»Und ich liebe Gurkensticks und Karotten oder andere gesunde Sachen«, meldete sie sich.

Susi nickte bedächtig und grinste. »Dann geh ich mal und bereite ein paar Köstlichkeiten vor. Und ihr könnt schon mal eure Badesachen zusammenpacken.«

»So ihr Racker«, sagte Susi, als sie die Decken am Strand ausgebreitet und es sich bequem gemacht hatten.

»Worauf habt ihr Lust? Ihr könnt Ball spielen oder eine Sandburg bauen. Ins Wasser geht ihr aber nicht ohne mich. Ich möchte nicht, dass etwas passiert. Milla würde mir das nie verzeihen.«

»Ich bin Rettungsschwimmerin«, gab Josie empört zurück. »Auf mich muss niemand aufpassen. Ich konnte schon schwimmen, als ich sechs Jahre alt war!«

Susi nickte ihr beeindruckt zu. »Und du?«, fragte sie, an Lenny gerichtet.

Lennys Gesicht lief mal wieder rot an. »Ich kann auch schwimmen, auch wenn ich nicht bei der Wasserwacht bin. Aber bis vor Kurzem war ich in einem Schwimmteam.«

»Dann seid ihr beide sichere Schwimmer?«

Josie und ihr Bruder nickten einstimmig.

»Okay, wenn das so ist, dann geht ruhig ins Wasser. Aber Noah … Ich weiß nicht …«

»Wir passen auf ihn auf«, bot Lenny schnell an.

»Er ist sicher bei uns«, schob Josie nach.

»Aber Noah kann nicht schwimmen«, gab Susi zu bedenken. »Es wäre eine große Verantwortung und …«

»Aber ich kann schwimmen!«, schrie Noah so laut, dass alle zusammenzuckten.

Mit weit aufgerissenen Augen starrte er Susi an. Er zitterte vor Aufregung. Vielleicht war es auch Zorn. So richtig konnte Josie das nicht erkennen.

Irritiert wanderte ihr Blick zu Susi, die angesichts des Ausbruchs ihres Sohnes zuerst wütend wirkte, dann aber rasch umschwenkte und beschwichtigend lachte. »Na klar kannst du das, mein Großer.« Sie warf Lenny und Josie bedeutungsvolle Blicke zu und zwinkerte.

Josie nickte. Sie hatte verstanden. Sie würde Noah im Wasser keine Sekunde aus den Augen lassen.

Es hatte sie alle drei einige Überwindung gekostet, in die knapp zweiundzwanzig Grad kühle Ostsee zu waten. Doch jetzt, da sie bis zu den Hüften in den Wellen standen, hatten sich ihre Körper daran gewöhnt. Zumindest Lennys und Josies. Noah hingegen stand neben Josie. Seine Hand fest in ihrer verkrallt, zitterte er wie Espenlaub.

»Kannst du wirklich schwimmen?«, fragte sie.

Noah nickte.

»Warst du sauer darüber, dass deine Mutter behauptet hat, du könntest es nicht?«

Noah sah zu ihr auf, schwieg, was sie als Ja wertete.

»Warum sagt sie dann so was?«, fragte Lenny.

Noah blieb ihm die Antwort schuldig, was Josie nicht wunderte.

Immerhin schien er darüber nachzudenken. Er zitterte nicht mehr, hatte aber inzwischen Tränen in seinen Augen. Sofort überkam Josie eine Welle des Mitleids.

Wie mochte es nur in diesem siebenjährigen Jungen aussehen? Was musste er wohl alles schlucken?

Dieser Junge berührte etwas in ihr. Und das war völlig anders als damals bei der Geschichte mit Chappy. Sie hatte Mitleid mit dem Hund gehabt, seinen traurigen Blick fehlgedeutet. Und sie hatte die alte Weber aus tiefstem Herzen gehasst – so wie all ihr Freunde und Freundinnen.

Bei jeder sich bietenden Gelegenheit hatten sie Frau Weber Streiche gespielt. Waren vorlaut und frech zu ihr gewesen. Tief in ihrem Inneren hatte sie geahnt, dass es Ärger geben würde, wenn sie tat, was Selina, ihre Freundin, ihr geraten hatte – beim Tierschutz anzurufen und um Hilfe für Chappy zu bitten.

Das hier war anders.

Sie hatte nicht nur Mitleid mit Noah. Dieser Junge

hatte ihren Beschützerinstinkt entfacht und sie konnte sich nicht vorstellen, ihn sich selbst zu überlassen. Sie musste einfach herausfinden, ob sie richtig mit ihrer Vermutung lag, dass er von seinen Eltern verprügelt wurde. Oder Schlimmeres.

Dabei erinnerte sie sich an Tessa. An ein Mädchen aus der Parallelklasse. Keine der Freundinnen hatte geahnt, dass Tessa von ihrem Vater über Jahre hinweg misshandelt worden war. Auch ihr war das Mädchen völlig normal erschienen, bis es eines Tages seinen Zorn auf einen Mitschüler projiziert hatte, indem es ihn windelweich geprügelt hatte. Und das nur, weil er gefragt hatte, woher Tessas blauen Flecken kämen.

Verstohlen checkte sie Noahs Gestalt auf verräterische Wundmale. Er trug eine Badehose, sodass sie einen freien Blick auf den Rest seines Körpers hatte. Dass sie keine blauen Flecken sah, musste nichts bedeuten. Vielleicht waren Susi und Theo wegen des bevorstehenden Besuchs einfach vorsichtig gewesen.

Oder gab es noch eine andere Erklärung?

Allein der Gedanke daran bereitete ihr Übelkeit. Sie räusperte sich, zog Noah weiter ins Wasser, um sicherzugehen, dass Susi nichts mitbekam. »Darf ich dich etwas fragen, Noah?«

Er drückte ihre Hand etwas fester, was wohl Ja bedeutete. »Deine Eltern, Susi und Theo, haben sie dich, wie soll ich sagen? Haben sie dich mal unangemessen berührt?«

»Mann, Josie, mir wird kotzübel! Wie kannst du so einen Scheiß fragen?«, mischte sich Lenny genervt ein.

»Und du, halt mal die Klappe!«, fuhr sie ihren Bruder an. Dann wandte sie sich wieder zu Noah. »Damit meine ich, haben deine Eltern dich auf eine Weise angefasst, die nicht normal ist?«

Sie blieb stehen, weil das Wasser Noah inzwischen fast bis zum Hals reichte.

Der kleine Junge atmete hektisch, seufzte leise. »Ihr seid dumm«, stieß er schließlich leise aus. Seine Stimme klang nicht mehr ängstlich, sondern resigniert. »Alle beide.« Er riss sich von ihr los, drehte sich um und kämpfte sich durch die Wellen an den Strand zurück. Dort setzte er sich ans Ufer, fing an, eine Sandburg zu bauen.

Josie blickte sich nach Susi um. Die war jedoch beschäftigt, blätterte in einem Buch und schien nicht mitbekommen zu haben, das Noah nicht mehr im Wasser war.

»Was hat er da eben gesagt?«, fragte Lenny.

Josie schluckte. »Dass wir dumm sind. Alle beide.«

Er starrte sie an. »Ehrlich?«

»Ja. Du hast gerade getaucht, als ich noch mal versucht habe, ihn auf das Thema Missbrauch anzusprechen.«

»Kein Wunder! Das ist ekelig! Wie kannst du Noah nur so was fragen?«

»Ich versuche doch nur zu helfen, Lennard! Und falls es dir nicht aufgefallen ist … Noah hat nicht einen blauen Fleck an seinem Körper. Ich wollte nur ganz sichergehen, okay?«

Er sah sie an, verzog das Gesicht. »Man kann auch jemanden ohne Schläge misshandeln.«

Sie runzelte die Stirn. »Woher weißt du überhaupt was von diesen Dingen?«

»Weil ich nicht hinterm Mond lebe.«

»Okay!«, stieß sie aus. »Und was schlägst du jetzt vor?«

Er sah sie an. »Wir müssen einfach jede Situation nutzen, um etwas aus ihm rauszubekommen.«

»Dann los«, sagte sie. »Lass uns zu ihm gehen und mitspielen, bei was auch immer.«

Als sie zu ihm stießen, sah Noah nicht einmal auf.

Josie sah auf die Burg, die er zu bauen angefangen hatte.

»Dürfen wir mitspielen?«, fragte sie etwas lauter, damit Susi es mitbekam.

Noah hob die Schultern, was wohl so viel bedeutete wie, dass es ihm egal war und er zumindest nicht mehr angepisst war.

Sie setzte sich neben ihn in den Sand, fing an, mit den Händen ein Loch zu graben.

Als Noah anfing, mit den Fingern ein Bild in den Sand zu zeichnen, hielt sie inne, starrte auf das, was er aufmalte.

»Ist das ein Haus?«, fragte sie leise, obwohl es offensichtlich war.

Noah nickte, malte unablässig weiter. Ein Haus, daneben ein paar Striche, die wohl Menschen darstellen. Es waren vier an der Zahl. Ein Haus und vier Leute.

Josie betrachtete die Zeichnung, dann Noah. »Magst du was darüber sagen? Was bedeutet das?«

Noah schwieg, zog aber einen Strich unterhalb der vier Männchen neben dem Haus, was wohl bedeuten sollte, dass der Fokus seiner Zeichnung darauf lag. Sie zog die Stirn kraus, sah Lenny an. »Was denkst du, was Noah uns sagen will?«

Ihr Bruder sah auf das Gekritzel, verzog das Gesicht. Dann streckte er den Finger aus, tippte auf eines der Männchen, das etwas korpulenter als die anderen wirkte. Er grinste sie an. »An wen erinnert dich das?«

Sie hob die Schultern.

Lenny lachte. »Du bist echt schwer von Begriff, Schwesterherz. Das bist du! Noah hat uns gemalt. Mom und Dad, dich und mich.« Er sah den Jungen an, hob fragend die Brauen empor. »Hab ich recht, Noah?«

Der Junge starrte ihren Bruder einen Augenblick lang an, dann schüttelte er langsam den Kopf. »Ihr seid beide schwer von Begriff!« Seine Stimme war schwach, beinahe unhörbar. Schließlich verzog er sein Gesicht zu einer wütenden Fratze, verwischte die Zeichnung bis zur Unkenntlichkeit, krallte seine Hand in den Sand. »Ich wünschte, ihr wärt nicht hergekommen«, stieß er aus und erhob sich. Dann warf er Lenny den Sand aus seiner Hand direkt in die Augen.

ZWÖLF
AHLBECK

Milla

Ihre Kinder in dem Haus bei Susi zurückzulassen und ohne Joe loszufahren, hatte sich für Milla beängstigend angefühlt.

Nicht nur weil sie Lenny und Josie quasi in der Obhut einer Fremden ließ. Susi war nach all den Jahren nun wirklich keine echte Freundin, der sie vertraute. Wenn sie das jemals getan hatte, woran sie inzwischen zweifelte.

Noch mehr belastete Milla das Unausgesprochene von damals, das zwischen ihnen stand. Allein der Gedanke daran fühlte sich niederschmetternd an.

Zugleich war ihr klar, dass das nicht so bleiben konnte. Irgendwann musste sie mit ihr über alles reden, was damals passiert war. Aber konnte sie Susi wirklich verraten, was ihr seither zu schaffen machte? Durfte sie das überhaupt, ohne Konsequenzen zu fürchten?

Würde das nicht auch Susi, der es offensichtlich wieder recht gut ging, dermaßen erschüttern und an den

Grundfesten ihrer psychischen Verfassung rütteln? Was, wenn sie dadurch alles wieder aufbrach?

Konnte sie das riskieren, nur um herauszufinden, ob die Freundin etwas wusste?

Sie hatte mit niemandem über die damaligen Ereignisse gesprochen, selbst mit ihren Eltern nicht. Doch die Erinnerung daran nagte an ihr, ließ sie nicht los.

Unvermittelt hatte sie das Bedürfnis, die Bremse zu ziehen und zu wenden. Sofort zu ihren Kindern zurückzufahren, sie ins Auto zu laden, wegzufahren. Weit weg. Fort von dieser Insel, weg von Susi und Theo – sogar weg von Joe.

Sie liebte ihren Mann aus tiefstem Herzen, doch manchmal nervte es sie, wie gutgläubig er war. Ja, fast schon naiv glaubte er an das Gute im Menschen. Und das, obwohl er in seinem Beruf als Anwalt oft mit dunklen Charakteren und den Schattenseiten des Lebens konfrontiert wurde.

Mit üblen Scheidungen.

Straftaten.

Familientragödien.

Joe zählte darauf, dass er eine hervorragende Menschenkenntnis besaß. Eine Art Schutzinstinkt, der Alarm schlug, wenn er sich Menschen näherte, die ihm nicht guttaten, ihm vielleicht sogar schaden konnten.

Doch er irrte sich gewaltig!

Immerhin hatte er sich ihr genähert. Sich in sie verliebt. Sie sogar geheiratet. Und sie war alles andere als ein guter Mensch.

Milla seufzte.

Sie war noch nicht einmal eine gute Partie … und irgendwann, das wusste sie, seit er sie zu einem ersten Date überredet hatte, würde auch er das begreifen.

Als sie über die Schienen fuhr, den schmalen

Waldweg sah, der zum Friedhof hinaufführte, beschleunigte sich ihr Herzschlag.

In der Vergangenheit hatte sie nicht nur Joe getäuscht, sondern jeden Menschen aus ihrem Umfeld. Doch am schmerzhaftesten war es für sie, zu wissen, dass ihr geliebter Vater hatte gehen müssen, ohne erfahren zu haben, wer sie wirklich war.

Am Parkplatz angekommen, wurde ihr bewusst, dass sie vergessen hatte, Blumen mitzubringen.

Kurz überlegte sie, umzukehren und später zurückzukommen, doch dann blieb sie. Was machte es für einen Unterschied, ob sie mit oder ohne Blumen das Grab ihres Vaters besuchte? Dad war tot, lag tief unter der Erde. Und wo immer er auch jetzt war, wenn es so etwas wie ein Leben nach dem Tod gab, dürfte es ihm herzlich egal sein, ob über seinen körperlichen Überresten frische Blumen standen oder nicht.

Langsam ging sie auf das Tor zu. Jeder Schritt, der sie der Grabstelle ihres Vaters näher brachte, fühlte sich schwerer an.

Kurz überlegte sie, ihre Mom anzurufen, doch dann schob sie den Gedanken beiseite. Sie war in den Dreißigern und sollte doch wohl mit Situationen wie dieser umzugehen wissen.

Am Grab angekommen, setzte sie sich auf den trockenen Waldboden, starrte eine Weile auf den Grabstein, versuchte, sich ihrem Vater nahe zu fühlen. Sie glaubte nicht wirklich an solchen Hokuspokus wie Wiedergeburt oder Jenseitskontakte, doch in Augenblicken wie diesen tröstete es sie, zu glauben, dass es eine Verbindung über den Tod hinaus gab.

Langsam ließ sie ihren Kopf auf die angezogenen Knie sinken, schloss die Augen.

Als sie sich blinzelnd wieder ihrer Umgebung bewusst wurde, fröstelte sie. Es war deutlich kühler geworden und beim Blick auf die Uhr erschrak sie. Knapp zwei Stunden hatte sie hier gesessen. Ihr kam es wie Minuten vor.

Sie erhob sich, schaute ein letztes Mal auf das Grab, warf dem Stein am Kopfende eine Kusshand zu, dann wandte sie sich ab und rannte zu ihrem Wagen.

Dort angekommen, ließ sie sich in den Fahrersitz fallen und war versucht, ihrem ersten Impuls zu folgen. Zurück nach Ückeritz, so rasch wie möglich.

Aber etwas hielt sie davon ab.

Sie horchte in sich hinein und begriff, dass sie ein paar Augenblicke für sich allein brauchte, um runterzukommen.

Gemächlich startete sie den Motor, fuhr langsamer als erlaubt wieder nach unten in den Ort, bog dort zur Seestraße ab. Als sie auf dem Parkplatz hinter der Kirche eine Lücke entdeckte, stellte sie den Wagen ab.

Zwei Minuten später machte sich auf den Weg zur Strandpromenade. Sie würde ein Stück in Richtung Seebrücke laufen und später in den Geschäften nach Geschenken stöbern.

Rasch hatte sie für fast jeden von ihnen eine Kleinigkeit gefunden. Es fehlte nur noch etwas für Joe. In Gedanken verloren, was sie ihm mitbringen könnte, schlenderte sie zu einem Buchladen, als sie in der Spiegelung des nächsten Schaufensters eine Person bemerkte, die unverhohlen in ihre Richtung schaute.

Milla wandte sich um. »Kennen wir uns?«

Die Gesichtsfarbe der Frau vertiefte sich. »Ich glaube schon. Du bist doch Milla, oder?«

»Ja!« Sie versuchte, in dem Gesicht vor sich zu lesen, starrte in blassblaue Augen, erkannte die auffallend spitze

Nase ... stieß ein ungläubiges Keuchen aus. »Du bist Anja, nicht wahr? Anja Uhlig.«

Die Frau lachte. »Genau die. Auch wenn ich etwas voluminöser geworden bin. Die Jahre halt. Aber du siehst fast noch genau wie damals aus.« Anja holte Luft, musterte sie staunend. »Was machst du hier? Urlaub?«

»So ähnlich«, stieß Milla aus. »Mein Mann besucht einen Kumpel in Ückeritz.«

»Ach, dann bist du gar nicht weit von Fabienne weg. Habt ihr euch schon getroffen?«

Milla schüttelte den Kopf. »Nein. Aber ich hab Susi wiedergefunden.«

Anja grinste. »Die hab ich ewig nicht gesehen. Macht sie auch Urlaub hier?«

»Sie wohnt seit zwei Jahren wieder in Ückeritz.«

»Was sagst du da? Das wundert mich aber, nach allem, was sie …« Anja brach ab, seufzte. »Sagst du ihr schöne Grüße von mir?«

»Klar.« Milla nickte, wollte schon weitergehen, als Anja sie am Arm packte. »Da drüben ist das Ostseehotel. Dort kann man auf der Terrasse sitzen und Kaffee trinken, Kuchen essen. Vielleicht ist weiter unten sogar noch ein Strandkorb frei. Was meinst du? Trinken wir einen Kaffee und plaudern über alte Zeiten? Es tut so gut, ein vertrautes Gesicht zu sehen.«

Milla warf einen Blick auf ihre Uhr. Sie benötigte immer noch ein Geschenk für Joe und wollte zu ihren Kindern, doch Anja diesen Wunsch abzuschlagen, hätte sich blöd angefühlt. »Okay«, sagte sie. »Lass mich nur schnell in den Laden da drüben gehen. Ich muss noch was besorgen. Such uns schon mal einen Tisch, ich komme gleich nach.«

Als sie wenige Minuten später mit einer weiteren Einkaufstüte beladen die Terrasse vom Ostseehotel betrat, entdeckte sie Anja, die tatsächlich noch einen der Strandkörbe ergattert hatte und sich gerade eine Zigarette ansteckte.

Sofort verspürte auch sie den unbändigen Wunsch nach einer Zigarette.

»Darf ich eine von dir stibitzen?«, fragte sie Anja, deutete auf die Schachtel auf dem Tisch. Diese nickte, gab ihr Feuer. Nachdem sie den ersten Zug tief inhaliert hatte, musste sie gegen den Hustenreiz ankämpfen, doch glücklicherweise trat genau in dem Augenblick der Kellner mit einer Karaffe Tafelwasser auf, die er wortlos vor ihnen abstellte. Sie bestellten Kaffee, belgische Waffeln mit Kirschen und Sahne, sahen sich schließlich grinsend an.

»Jetzt erzähl mal. Wie ist es dir ergangen in den letzten Jahren?«

Milla seufzte. »Dass mein Dad gestorben ist, weißt du ja, oder?«

»Nein.« Die ehemalige Klassenkameradin sah sie bestürzt an. »Wann war das?«

Milla winkte ab. »Vor Ewigkeiten. Ich hab mich daran gewöhnt, dass er nicht mehr bei mir ist. Trotzdem fällt es mir schwer, auf den Friedhof zu gehen, mir vorzustellen, dass er jetzt in der Erde liegt.«

»Nicht er«, kam es von Anja. »Nur seine Hülle.«

Milla fiel ein, dass Anja früher schon eine esoterische Ader gehabt hatte. Sie sah sie an, legte den Kopf schräg. »An so was glaube ich nicht, weißt du?«

Anja zuckte mit den Schultern. »Musst du ja auch nicht. Wie geht's deiner Mutter?«

»Sie lebt bei mir in Bayern mit einem neuen Mann. Nur ein paar Häuser von uns entfernt.«

Anja starrte sie an. »Das hätte ich jetzt nicht erwartet. Deine Eltern waren immer ein Herz und eine Seele. Und dass sie ihre geliebte Insel verlassen könnte … Wow.«

»Sie hatte nach Vaters Tod niemanden mehr auf Usedom. Deswegen hat sie mein Angebot, sie nach Bayern zu holen, gern angenommen. So kann sie jederzeit ihre Enkelkinder sehen. Mit etwas Abstand zu ihrem früheren Leben konnte sie sich dann sogar auf etwas Neues einlassen. Sie ist glücklich, anders als mit meinem Dad, aber trotzdem zufrieden.«

»Und du? Bist du glücklich?«

»Du meinst, weil meine Mom in der Nähe ist?«

Anja verneinte. »Ich meine allgemein. Ich weiß nicht mal, was du so machst. Arbeitest du?«

»Ich hab Jura studiert, eine Zeit lang als Anwältin gearbeitet und jetzt bin ich Staatsanwältin am Landgericht in München.«

»Wow, Staatsanwältin, klasse.« Anja sah sie beeindruckt an. »Ich wusste, dass du mal studieren würdest, hätte aber eher gedacht, dass du was im medizinischen Bereich machen wirst.«

Milla lachte. »Dafür war mein Abitur nicht gut genug.«

»Wem sagst du das.« Anja lächelte. »Apropos Oma, demnach hast du also Kinder. Wie viele?«

»Einen neunjährigen Jungen, ein fast dreizehnjähriges Mädchen.«

»Hast du einen Mann an deiner Seite?«

Milla nickte. »Johannes, oder Joe, wie ich ihn nenne. Ja. Er ist toll.«

»Wie ist er so?«

»Na ja, er ist Anwalt«, gab Milla zurück und spürte, dass es ihr langte, dermaßen ausgefragt zu werden. »Und du?«, fragte sie nach. »Was machst du so?«

Anja seufzte. »Auf der Insel ist es schwierig, Arbeit zu

finden. Deswegen gehen die jungen Leute alle aufs Festland. Und die wenigen, die bleiben, finden keine Jobs, weil diese an billigere Arbeitskräfte aus dem Ausland vergeben werden. Vor allem die Stellen in der Gastronomie.«

»Was hast du denn gelernt?«

»Köchin«, antwortete Anja. »Ich hab außerdem einen Kurs im Patisserie-Handwerk gemacht. Hübsche Törtchen, gefüllte Cookies und Pralinen – all so was halt. Aber trotzdem will mich niemand fest einstellen. Mein Mann und ich überlegen, nach Hamburg zu gehen. So langsam gehen mir diese Saison-Jobs auf die Nerven. Das Geld, das man dabei verdient, reicht hinten und vorne nicht.«

»Habt ihr Kinder?«

Anja verzog das Gesicht. »Gott bewahre, das ist nichts für mich. Meine sieben Geschwister reichen mir noch bis heute und fast jeder von denen hat sich bereits fortgepflanzt, was bedeutet, dass ich inzwischen elffache Tante bin. Das ist mir anstrengend genug.«

»Dann willst du niemals Mutter werden?«

Anja verneinte stumm. »Mein Mann hat glücklicherweise auch keinen Drang, eigene Kinder in die Welt zu setzen. Wir beide sind uns mehr als genug. Und keine Kinder zu haben, bedeutet ein Stück weit auch, frei zu sein.«

»Aber warum hast du die Insel nicht schon längst verlassen?«

Über Anjas Gesicht huschte ein düsterer Schatten. »Das ist nicht so einfach.«

»Weil dein Mann nicht wegwill?«

Anja schüttelte den Kopf. »Er will, das kannst du mir glauben. Viel dringender als ich, aber bislang … es war schlichtweg nicht machbar. Vielleicht wird es das sogar niemals sein.«

»Aus finanziellen Gründen?«

»Quatsch, nein! Eher aus familiären Gründen.«

Milla starrte Anja an. »Magst du drüber reden?«

»Dazu brauche ich einen Drink.« Sie winkte dem Kellner. »Wann kommt unsere Bestellung endlich?«, herrschte sie den jungen Mann an. Dann seufzte sie. »Sorry, bringen sie noch einen Gin Tonic mit.« Sie sah Milla an. »Du auch einen?«

»Danke, aber ich muss noch fahren.«

Der Mann verschwand und für eine Weile herrschte Schweigen zwischen ihnen.

Schließlich seufzte Anja tief. »Ich bin mit Mike Berger verheiratet. Sagt dir der Name noch was?«

Milla schüttelte den Kopf.

»Aber Jannik Berger kennst du noch?«

Milla runzelte die Stirn. »Der war doch zwei Klassen über uns, nicht wahr?«

»Er war Rene Wolfs bester Kumpel. Und Rene müsstest du ja noch kennen, oder nicht?«

»Susi war mit ihm zusammen, oder?«

Anja nickte. »Und Fabienne ganz kurz mit Rocco, bevor er damals …« Sie brach ab.

Milla spürte, wie ihr der Schweiß ausbrach. »Worauf willst du hinaus?«

»Jannik Berger war Mikes kleiner Bruder.«

»Dann ist Jannik also dein Schwager?«

»Das war er«, gab Anja zurück.

»Was heißt das?«

Sie hob die Schultern, schwieg, während der vollkommen überforderte Kellner ihnen endlich die Getränke und den Kuchen servierte.

Schließlich sah Anja sie wieder an. »Das heißt, dass Jannik tot ist.«

Milla riss die Augen auf, sah Anja fassungslos an. »Was ist passiert?«

»Mikes Bruder starb vor zwei Jahren. Er war mit dem Boot draußen, muss in ein Unwetter geraten sein. Als man sein Boot weit draußen fand, war er nicht mehr da. Die Küstenwache hat ihn tagelang gesucht – vergeblich.«

»Das tut mir leid«, sagte Milla und sah Anja mitfühlend an. »Dann ist das der Grund dafür, dass ihr hier nicht wegkönnt?«

Anja seufzte. »Mikes und Janniks Vater starb vor ein paar Jahren an Krebs. Dann der Unfall – das alles war zu viel für seine Mutter. Die Ärmste ist psychisch am Boden und Mike schafft es einfach nicht, sie hier allein zurückzulassen.«

»Sie will nicht weg? Auch nicht nach allem, was passiert ist?«

»Meine Schwiegermutter liegt nach ihrem Schlaganfall im Pflegeheim. Sie in ein Heim auf dem Festland umzuquartieren, würde sie enorm anstrengen. Mike will ihr das nicht zumuten.«

»Oh, du Arme!«, stieß Milla aus. »Also hängt ihr hier fest.«

Anja nickte. »Zumindest noch so lange, bis Gott meiner Schwiegermutter endlich ihren größten Wunsch erfüllt und sie zu sich holt. Sie will zu ihrem Mann und zu Jannik, verstehst du?«

Milla nickte stumm, weil diese tragische Geschichte sie sprachlos machte.

»Rene ist übrigens auch schon von uns gegangen.«

Millas Mund klappte auf. »Du meinst Rene Wolf? Janniks besten Kumpel?«

Anja nickte. »Das war vor sieben Monaten. Er war beim Holzmachen allein im Wald unterwegs und wurde wohl von einem herabstürzenden Ast erschlagen.«

Milla starrte Anja an, schluckte trocken. »Die arme Familie«, stieß sie aus. »War Rene nicht ein Einzelkind?«

Anja nickte. »Gott sei Dank hat er eine nette Frau

geheiratet und mit ihr zusammen vier Kinder. Renes Eltern sind natürlich am Boden zerstört wegen des Verlustes ihres Jungen. Wenigstens haben sie noch ihre Enkelkinder und die Schwiegertochter.«

Milla nickte abwesend, sah Anja an. »Dann sind alle drei der damaligen Gang nicht mehr am Leben. Zuerst Rocco und jetzt auch noch Jannik und Rene. Ist doch seltsam, findest du nicht?«

Anja sah sie überrascht an. »Was willst du damit sagen?«

Milla erwiderte ihren Blick, dachte darüber nach, was sie antworten konnte, ohne allzu paranoid zu klingen.

Dabei konnte sie nicht mal genau sagen, was sie alarmiert hatte. »Ach nichts«, sagte sie schließlich. »Es ist einfach nur ein echtes Drama. So viele junge Leben … einfach ausgelöscht.«

DREIZEHN
STRANDBESUCH

Susi

Am Strand abzuhängen und in ein Buch einzutauchen, war für Susi Erholung pur. Dass diese durch lautes Geschrei jäh gestört wurde, ließ sie hochschrecken. Verärgert klappte sie ihr Buch zu und sah zu Noah hinüber. Klar, er mal wieder!

Da stand er vor Millas heulendem Sohn am Ufer, die Arme vor der schmalen Brust verschränkt, und anhand seiner wütenden Miene reimte sie sich gleich was zusammen.

»Was ist los?«, rief sie, sprang auf und eilte auf die Kinder zu, die mit sich selbst beschäftigt schienen. Keiner von ihnen reagierte auch nur auf sie.

Noah stand weiter stocksteif da, sah zu, wie Lenny sich weinend die Augen rieb, während seine Schwester auf beide einredete.

Susi schluckte. Dieses Kind raubte ihr noch den letzten Nerv.

»Was ist passiert?«, fragte sie erneut, als sie bei den dreien angekommen war.

Wenigstens Josie sah jetzt zu ihr auf. »Noah hat meinem Bruder Sand in die Augen geworfen. Eine ganze Hand voll.«

Susi spürte, wie heißer Zorn in ihr hochschoss. Sie sah Noah an. »Ist das wahr?«

Er hob den Kopf, sah sie an, worauf sie zurückzuckte. Da war etwas in seinen Augen, das ihr angst machte. Er funkelte sie regelrecht an, mit offenem Hass im Blick.

»Ich hab dich etwas gefragt«, wiederholte sie.

Noah verzog seinen Mund zu einem abfälligen Grinsen, wandte sich wortlos von ihr ab, lief zu ihrem Platz und setzte sich in den Sand.

Susi sah ihm kurz nach, schluckte, wandte sich an Lenny und Josie. »Hört mal, es tut mir wirklich wahnsinnig leid, was passiert ist. Ich weiß auch nicht, was mit dem Kind los ist.« Sie ging vor Lenny in die Hocke. »Darf ich mal sehen?«

Er schüttelte den Kopf, rieb sich verzweifelt die Augen.

»Nicht reiben«, mahnte sie sanft. »Das muss ausgespült werden.« Sie warf Josie einen Blick zu. »In meiner Tasche ist eine Flasche stilles Wasser. Hol sie doch bitte und hilf deinem Bruder. Ich glaube, er ist auch auf mich wütend. Zu Recht, fürchte ich. Ich hätte nicht mit euch hierherkommen sollen, wenn Noah nicht fit ist.«

Josie sah sie nur stumm an und bewegte sich keinen Zentimeter.

Irgendwas am Blick der Kleinen gefiel ihr nicht. Er passte überhaupt nicht zu einer Zwölfjährigen. Zuerst der Ärger mit Noah und jetzt rebellierte auch noch dieses junge Ding. Was stimmte nicht mit dem Mädchen? Ihr schien es fast, als würde diese Halbwüchsige sie abschätzen.

»Okay«, stieß sie aus, »dann hole ich sie eben selbst.«

Sie rannte zu ihrer Decke, kramte die Flasche hervor, warf Noah einen Blick zu. »Und du, mein Lieber, von dir verlange ich, dass du dich bei Millas Sohn entschuldigst. Hast du verstanden? So was wird nicht noch einmal passieren.«

Keine Reaktion.

»Noah!«, sagte sie mit etwas schärferer Stimme. »Sieh mich an, verdammt! Was denkst du dir nur, wenn du dich so benimmst? Wir hatten doch über alles gesprochen, kurz bevor unser Besuch ankam. Du hast versprochen, dich zu benehmen.«

Er hob langsam den Kopf, sah sie an. Sein Blick war nahezu emotionslos.

Seufzend hob sie die Hände, schüttelte den Kopf. »Ich kann das alles nicht mehr, es ist mir einfach zu viel.«

Unschlüssig sah sie ihn einen Augenblick lang an, hoffend, dass doch noch eine Reaktion von ihm käme. Dann gab sie auf, machte sich auf den Weg zu Lenny und Josie.

Bei ihnen angekommen, reichte sie Josie die Flasche. »Hier, versuch mit dem Wasser, den Sand aus Lennards Augen zu spülen.«

Josie riss ihr die Flasche aus der Hand. »Ich krieg das allein hin«, sagte sie unwirsch. »Vielleicht wäre es gut, wenn wir dann wieder zum Haus zurückgehen. Lenny will nicht mehr bleiben.«

»Bleiben? Was meint ihr?«

Josie sah sie an, bohrend wie zuvor. »Hier am Strand«, sagte sie schließlich. »Lenny will zum Haus zurück und sich hinlegen.«

»Natürlich«, stieß Susi erleichtert aus. »Ich pack schnell unser Zeug zusammen.«

Zurück im Haus, sah Susi noch mal nach Lennys Augen. Sie waren rot und ein wenig geschwollen, doch das Schlimmste war, dass der Junge noch immer mitgenommen wirkte.

»Kann ich irgendwas für dich tun?«, fragte sie ihn, ging vor ihm in die Hocke. Aus dem Augenwinkel bemerkte sie, dass Noah nur zum Boden starrte, als beträfe ihn das alles nicht.

»Nein«, wehrte Lenny energisch ab, als gäbe er ihr die Schuld an dem Vorfall.

»Ich glaube, er ist überfordert von der Situation«, erklärte Josie. »Mein Bruder wollte einfach nur nett sein zu Noah und mit ihm spielen. Dabei kam es zu einem kleinen Streit.« Josie sah zu Noah. »He, Kleiner, ist doch so oder? Du hast Lenny nicht wehtun wollen, stimmts? Du hast beim Spielen nur ein bisschen überreagiert.«

Noah hob den Kopf, sah von Josie zu Lenny, bevor er sich ihr zuwandte. »Tut mir leid, Mami, ich wollte das wirklich nicht.«

Susi atmete auf. »Sag das nicht mir, sag es deinem Freund!«

Noah sah Lennard an. »Tut mir leid, Lenny, ich wollte dir nicht wehtun.«

Millas Sohn erwiderte Noahs Blick, verzog das Gesicht zu einem Grinsen. »Schon gut, Kumpel, ich hab es ja überlebt.«

Susi lächelte zufrieden in die Runde. »Dann ist alles wieder gut zwischen euch?«

Einstimmiges Nicken.

»Was wollt ihr jetzt machen? Bis zum Abendessen ist noch ein wenig Zeit. Wollt ihr zusammen im Garten spielen?«

»Gute Idee«, stimmte Josie zu und wandte sich an Noah. »Hast du Lust darauf, Noah? Wollen wir zusammen verstecken spielen?«

Noah bejahte schüchtern. »Darf ich?«, fragte er seine Mutter.

Susi nickte. »Aber versprich mir, dass du ein braver Junge bist.«

Noah stieß ein Lachen aus, das in ihren Ohren irgendwie fies klang. »Klar, Mami«, stieß er aus, »ich bin doch immer brav, das weißt du doch …«

Susi bereitete die Beilagen für das Dinner vor, als sie das Geräusch von Reifen auf Kies wahrnahm. Aus dem Küchenfenster blickend, erkannte sie Milla, die soeben ihren Wagen vor dem Haus abstellte.

Schnell wusch sie sich die Hände, machte sich dann auf den Weg nach draußen. »Ich muss dir was beichten«, stieß sie aus, kaum dass ihre Freundin aus dem Wagen gestiegen war.

»Ist etwas passiert?« Milla sah sich nervös um.

»Ja leider«, gab Susi zu. »Mein Sohn hat Lenny Sand in die Augen geworfen. Die beiden hatten einen kleinen Streit beim Spielen am Strand. Aber keine Sorge, wir haben die Situation in den Griff bekommen. Dein Sohn ist okay und Noah und er sind wieder ein Herz und eine Seele.«

»Okay«, sagte Milla, als erwarte sie noch mehr.

»Tut mir echt leid, dass Noah so schwierig ist … sogar noch mehr als sonst. Und das ausgerechnet jetzt, wo ihr bei uns seid.«

Milla winkte ab. »Es sind Kinder, Susi. Wir waren früher nicht anders. Erinnerst du dich noch, was wir alles angestellt haben? Wir haben uns diese ekelhaften Quallen in die Gesichter geworfen. Du musstest damals meinetwegen sogar zum Augenarzt, weil ein Stück von so einem Ding eine allergische Reaktion bei dir hervorgerufen hat.«

Susi stieß überrascht die Luft aus. »Das weißt du noch?«

Milla nickte grinsend.

»Dann sind wir also quitt?«

»Absolut.«

»Wie war es in Ahlbeck? Hattest du einen schönen Tag?«

Milla sah sie an, seufzte. »Durchwachsen, um ehrlich zu sein. Ich wäre auch schon viel früher zurück gewesen …«

»Ist was passiert? Bist du okay?« Susi wirkte besorgt.

»Ja schon«, bestätigte Milla zögernd. »Ich war zwei Stunden an Dads Grab und hab nicht bemerkt, wie viel Zeit vergangen ist. Ich schätze, es war nötig, mal wieder dort zu sein.«

»Und anschließend? Was hast du sonst noch gemacht?«

Milla verzog den Mund zu einem Lächeln, das jedoch ihre Augen nicht erreichte. »Ich habe Geschenke gekauft.«

»Geschenke?«

»Für alle, ja.« Milla lief um den Wagen herum zum Kofferraum, öffnete ihn und nahm etliche Tüten heraus. Sie stellte sie auf dem Boden ab, kauerte sich davor. »Ich hab für jeden was ergattert, quasi als Dankeschön für eure Gastfreundschaft.«

»Das ist doch nicht nötig«, wehrte Susi ab.

Doch Milla kramte weiter in den Tüten, zog schließlich ein rot-weißes Segelboot hervor, drehte sich um. »Lenny, Josie, kommt ihr bitte? Und bringt Noah mit.«

Milla sah zu ihr auf. »Ich beschenke zuerst die Kinder und dann bist du dran.«

Susi war zuerst nur irritiert, aber dann ärgerte sie

sich. Millas nette Geste ging ihr gegen den Strich, wie etwas Unangebrachtes. Trotzdem versuchte sie, begeistert auszusehen, und sah zu, wie Milla auch noch Süßigkeiten aus der Tasche zog.

»Hast du uns was mitgebracht, Mom?« Lenny atmete heftig, als er angerannt kam.

»Ja, hab ich«, antwortete Milla lächelnd und sah prüfend zu Lenny. »Ich hab gehört, was passiert ist. Bist du okay?«

Ihr Sohn nickte, hatte nur Augen für die Tüten.

»Ich hab seine Augen ausgespült«, kam es von Josie, die mit Noah an der Hand ebenfalls zu ihnen stieß.

»Gut gemacht.« Milla lächelte ihre Tochter an. »Ich hab für alle ein Geschenk, doch zuerst ist Noah dran, weil er der Jüngste ist.«

»Echt jetzt, geht es jetzt nach Alter?«, feixte Lenny. »Sonst heißt es doch immer Ladies First und die Mädels sind als Erste dran.«

»Heute nicht, du Kavalier«, schoss Milla schmunzelnd zurück und reichte Noah das Segelboot. »Ich hoffe, ich hab deinen Geschmack getroffen.«

Noah sah Milla an, dann Susi.

»Na nimm es schon«, sagte Susi und zwinkerte ihm zu.

Dieser nahm zaghaft lächelnd Milla das Geschenk aus der Hand. »Danke schön.« Er wirkte ein wenig verlegen, schien sich aber auch zu freuen.

»Ich hab noch mehr für dich«, sagte Milla und hielt ihm eine Packung Süßigkeiten entgegen.

Noah blickte kurz darauf, ignorierte sie aber.

»Schatz«, mahnte Susi sanft. »Nimm die Bonbons. Du magst Süßigkeiten doch gerne.«

Noah schüttelte den Kopf. »Diese nicht.«

Susi spürte, wie Wut ihr Innerstes flutete. Sie funkelte

Noah zornig an. »Du nimmst sie trotzdem, weil es unhöflich ist, ein Geschenk abzulehnen.«

Noah sah von ihr zu Milla, dann auf das Boot, schwieg aber beharrlich.

»Noah, verdammt! Was ist heute nur mit dir los?« Susi sah hilflos zu Milla. »Sorry, Liebes.«

»Das macht doch nichts«, sagte diese und hob die Schultern. »Meine beiden lieben M&M´s und für Noah finde ich schon was anderes in meiner Tüte.«

Susi verzog verärgert das Gesicht. »Ich bin wirklich enttäuscht von dir, Noah. So habe ich dich wirklich nicht erzogen! Dein Verhalten ist unverschämt.«

Eine Weile herrschte Stille, dann hob Noah den Kopf, starrte sie an und Susi erkannte, dass seine Augen vor Zorn blitzten. »Ich bin allergisch auf Erdnüsse, Mami. Hast du das etwa vergessen?«

VIERZEHN
DAS HAUS IM WALD

MILLA

Sekundenlang starrten Mutter und Sohn sich in die Augen, dann brach Susi unvermittelt in Tränen aus, sprang auf Noah zu, riss ihn in ihre Arme. »Oh Gott, Schatz«, schluchzte sie, »das tut mir so leid, bitte entschuldige.« Sie wandte sich zu Milla um, mit Blick auf die Tüte in ihrer Hand. »Ich hab nicht gesehen, welche Art von Süßigkeiten du ihm geben wolltest. Ich hab nicht daran gedacht, dass da Erdnüsse enthalten sein könnten.« Sie sah wieder zu Noah, nahm sein Gesicht in ihre Hände. »Bitte, Schatz, glaub mir, ich hab nicht gesehen, dass das Erdnuss-Schokolinsen sind.«

Noah ließ reglos ihre Berührungen und Entschuldigungen über sich ergehen. Auch als Susi ihm über die Haare strich, bewegte er sich nicht.

Wie verloren, ließ Susi ihre Hände sinken. »Ich hab wirklich nicht dran gedacht, tut mir leid«, flüsterte sie, ohne jemanden anzusehen.

»Das kann doch jedem mal passieren«, kam Milla ihr

zu Hilfe und blickte voller Mitleid auf das Häufchen Elend, das ihre Freundin gerade darstellte.

Susi nickte ihr dankend zu. »Das glaube ich kaum, aber trotzdem danke.«

Ohne ein weiteres Wort eilte Susi zurück ins Haus.

Zurück blieben die betreten vor sich hin blickenden Kinder, die immer noch bei Milla standen.

»Sie muss sich bestimmt kurz sammeln«, versuchte Milla Susis Flucht zu erklären. Dann verteilte sie ihre Mitbringsel an Lenny und Josie.

»Cool«, rief Lennard, angesichts der Wasserpistole. »Eine echte NERF, danke, Mom.«

Milla wandte sich fragend an Josie, der sie ein Buch mitgebracht hatte. »Das hast du dir doch gewünscht, richtig?«

Josie nickte strahlend und streichelte über das Cover, das typische Fantasy-Elemente zeigte und zu ihrer angefangenen Lieblingsreihe gehörte.

»Sollen wir dann auch reingehen und Susi beim Abendessen helfen?«

»Och, nee, Mama«, maulte Lenny. »Geht mal ohne mich rein. Ich will lieber die neue Gun ausprobieren.«

»Das hab ich mir fast gedacht«, sagte Milla schmunzelnd und nickte den Kindern zu. »Von mir aus spielt alle noch ein bisschen. Aber bitte kein weiteres Drama mehr ... sonst flippt Susi noch völlig aus.«

Die letzten Worte hatte sie halblaut hinzugefügt, mehr zu sich selbst. Verwundert bemerkte sie, wie Noah darüber grinste. Ihre Kinder hatten die beiläufige Bemerkung nicht mal mitbekommen.

»Bis später, ihr Helden«, verabschiedete sie sich schmunzelnd und machte sich ebenfalls auf den Weg ins Haus, wo sie Susi zusammengesunken am Küchentisch sitzend vorfand.

Sie setzte sich zu ihr, stellte das für ihre Freundin

erstandene Windlicht aus Treibholz vor sie hin. »Jetzt komm, Susi«, forderte sie die zerknirschte Freundin auf. »Krieg dich wieder ein. So schlimm war das nun auch wieder nicht. Jedenfalls nicht so schlimm, als hättest du dein Kind am Parkplatz vergessen.«

Susi sah sie irritiert an. »Wovon redest du? Ich hab Noah nicht auf dem Parkplatz vergessen.«

Milla grinste. »Nein, hast du nicht. Du hast Noah nicht auf dem Parkplatz stehen lassen. Aber ich, ich hab Lennard tatsächlich mal genau da vergessen. Damals war er gerade vier, und das hätte übel ausgehen können.«

Susi verzog ungläubig das Gesicht. »Ist dir das tatsächlich passiert?«

Milla nickte seufzend. »Ein Security-Mitarbeiter des Einkaufzentrums hat ihn gefunden und die Polizei informiert. Du kannst dir nicht vorstellen, wie peinlich mir das gewesen ist. Und wie sauer Joe auf mich war…«

Susi lachte. »Jetzt geht es mir besser, danke dafür.« Sie sah das handgearbeitete Windlicht an. »Ist das für mich?«

Milla nickte. »Gefällt es dir?«

Susi nahm es in die Hände, betrachtete es eine Weile. »Das ist wunderschön gearbeitet! Ich hab schon immer eine Schwäche für Treibholz gehabt, jedoch nicht erwartet, dass du dich daran erinnerst.«

»Normalerweise hab ich ein Gehirn wie ein Elefant«, entgegnete Milla. »Von der Sache mit Lenny auf dem Parkplatz mal abgesehen.«

Beide Frauen brachen in Lachen aus.

Dann wurde Milla schlagartig ernst. »Wusstest du das von Rene und Jannik?«

Susi sah sie verwirrt an. »Was meinst du?«

Milla räusperte sich betreten.

»Ich hab Anja in der Stadt getroffen. Sie ist mit Mike

verheiratet, Janniks Bruder. Sie hat mir erzählt, dass beide inzwischen tot sind.«

Susi starrte sie fassungslos an. »Du spricht von Rene Wolf und Jannik Berger?«

Milla nickte betreten. »Jannik starb bei einem Bootsunglück. Sein Leichnam wurde bis heute nicht gefunden. Und Rene ist ebenfalls verunglückt – ein Arbeitsunfall im Wald.«

Susannes Augen weiteten sich. »Das ist ja furchtbar, Milla. Und nein, ich hatte keine Ahnung. Woher auch? Ich bin noch nicht lange wieder hier auf der Insel.«

»Der letzte Unfall ist auch erst vor ein paar Monaten passiert«, antwortete Milla. »Aber lass uns über was anderes reden, nicht über so traurige Ereignisse. Es hat mich auch ziemlich runtergezogen.«

Susi sah sie an, nickte, schien in Gedanken noch immer bei den gemeinsamen alten Freunden zu sein, die viel zu früh hatten sterben müssen.

»Wusstest du, dass Fabienne auch in Ückeritz wohnt?«, fragte Milla.

Susi hob überrascht die Brauen. »Sagt wer?«

»Na Anja … Sie wusste wiederum nichts von dir. Also, dass du wieder auf der Insel lebst.«

Susi hob die Schultern. »So klein ist Usedom nicht, wir sind uns einfach noch nicht über den Weg gelaufen.«

»Dann hast du Fabienne noch nicht gesehen?«

Susi verneinte stumm.

»Vielleicht sollten wir zusammen herausfinden, wo sie wohnt. Dann könnten wir eine Mädelsparty feiern und über alte Zeiten plaudern.«

»Das muss nicht sein«, stieß Susi etwas zu brüsk aus. »Ehrlich gesagt, bin ich froh, dass ich sie seit damals nicht mehr gesehen habe. Wir waren auch damals keine wirklich engen Freundinnen. Sie war eher deine Freundin als meine, schon vergessen?«

Milla starrte Susi an, schüttelte den Kopf. »Das stimmt nicht, Susi. Wir haben uns zeitgleich mit ihr angefreundet. Ihr beide habt euch genauso gut verstanden wie ich mich mit ihr.«

Susis Gesicht versteinerte förmlich. »Da trügt dich deine Erinnerung gewaltig. Ich hab Fabienne gehasst, weil sie sich permanent zwischen dich und mich gestellt hat. Sie war intrigant, Milla. Ein echtes Biest.«

»Daran erinnere ich mich nicht.«

»Hallo die Damen«, ertönte es hinter ihnen. Beide schauten den zurückgekommenen Männern entgegen.

Theo hatte einen Eimer in der linken Hand, aus dem es verdächtig rumpelte. »Leben die Fische etwa noch?«, stieß Milla aus, sah angewidert zwischen den Freunden hin und her, die vor Stolz zu platzen schienen.

»Na logo«, bestätigte Theo grinsend. »Die Monster kommen fangfrisch auf den Grill. So schmecken sie doch am besten.«

»Ihr wollt die in meiner Küche …« Susi stoppte, sah schockiert zu Theo.

Der hob beschwichtigend die Hände. »Keine Panik, Süße. Wir erledigen das draußen.«

Joes Blick verweilte auf Milla. »Was ist los, Schatz? Du wirkst mitgenommen. Warst du bei deinem Vater?«

Sie nickte. »Aber das ist es nicht …« Sie seufzte. »Ich hab in Ahlbeck eine alte Klassenkameradin getroffen und erfahren, dass zwei Freunde von Susi und mir erst kürzlich gestorben sind.«

»Oh je, standet ihr euch nahe?«, fragte Joe betroffen.

Milla nickte.

»Ziemlich nahe sogar«, ergänzte Susi. Dann holte sie Luft, winkte ab. »Aber lasst uns bitte von was anderem reden, ja?« Sie sah auffordernd zu Milla. »Du warst immer die Witzigere von uns beiden, erzähl doch mal einen Schwank aus unserer Kindheit.«

»Da gibt es zu viele«, wehrte Milla ab. »An die meisten erinnere ich mich kaum.«

»Ach komm schon, Schatz«, sagte Joe, »sei keine Spielverderberin. Ich will alles über euch Mädels wissen, wer ihr damals wart, was ihr so angestellt habt.«

»Na schön!«, gab sich Milla geschlagen, holte Luft, sah in die Runde. »Da war diese Mutprobe, nachts am Strand. Ich glaube, Susi hatte vorgeschlagen, dass wir im Dunkeln bis zur Boje schwimmen und zurückkehren sollten. Aber ich hab den Schwanz eingezogen, zumindest hätte ich das getan, wenn ich einen Schwanz gehabt hätte.« Sie brach in ein Lachen aus, das keiner teilte. »Ich war vielleicht die Witzigere von uns, aber du warst mutiger als ich«, fuhr sie fort. »Und du hast das voll durchgezogen.«

Susi klopfte sich an die Stirn. »Richtig! Ich erinnere mich noch genau daran, wie wir zusammen ins Wasser gingen und losgeschwommen sind. Nach gut der Hälfte der Strecke bist du klammheimlich umgekehrt, hast mich allein weiterschwimmen lassen. Boah, ich fand das ziemlich scheiße von dir.«

Milla zuckte innerlich zusammen, angesichts des harten Klangs in Susis Stimme. »Ich hatte einfach Schiss und war überzeugt davon, dass ich es nicht zurück schaffe«, entschuldigte sie sich.

»Du hättest auch was sagen können, dann wären wir gemeinsam zurück geschwommen. So aber hab ich irgendwann bemerkt, dass ich allein da draußen war, im Dunkeln.«

»Tut mir leid«, sagte Milla zerknirscht. »Ich hab damals einfach nicht nachgedacht.«

»Nein, das hast du nicht!«, knurrte Susi.

»Wolltet ihr nicht was Lustiges erzählen?«, fragte Theo. »So lustig fand ich das jetzt nicht.«

Susi sah zu ihrem Mann. »Doch da gibt es was,

woran ich mich noch gut erinnere … Milla hat eines Tages beschlossen, meine und Fabiennes Klamotten ins Wasser zu schmeißen. Und wisst ihr, warum?« Sie sah die beiden Männer an. »Sie war sauer, weil wir nicht schnell genug rauskamen. Sie hatte keinen Bock mehr und wollte nach Hause. Also nahm sie unsere Kleidung, warf sie kurzerhand in die Wellen und Fabienne und ich mussten im Bikini mit den Rädern nach Hause fahren.«

»Das war fies«, sagte Joe schmunzelnd mit Blick auf Milla. »Sonst noch was, das ich wissen sollte?«

»Erzähl die Story vom Jugendcamp«, ermunterte Susi sie.

»Ach«, wehrte Milla ab, »das war noch nichts …«

Susi sah sie an, legte den Kopf schräg. »Jetzt komm schon.«

»Du meinst die Sache mit den Gruselgeschichten, richtig?«

Susi nickte.

»Na gut, ich hab abends beim Lagerfeuer gern Gruselgeschichten erzählt. Fabi und Susi haben sich daraufhin wahnsinnig gefürchtet und wollten nachts nicht mal allein auf Toilette. Also bin ich danach wach geblieben und den beiden nachgeschlichen, als sie sich zu zweit zum Toilettenhäuschen aufgemacht haben. Ich hab gewartet, bis sie beide drin waren, und hab dann mit den Fingernägeln über die Türen gekratzt und mit verstellter Stimme ein gruseliges Kinderlied aus den Geschichten nachgesungen. Die beiden haben sich so erschrocken, dass Fabienne beinahe in das Plumpsklo gefallen wäre.«

Susi nickte. »Die Geschichte hat Milla am nächsten Tag vor der versammelten Mannschaft zum Besten gegeben und alle haben uns ausgelacht.«

Milla fiel auf, wie scharf die Stimme der Freundin klang.

»Du klingst, als hättest du mir das ziemlich übel genommen«, sagte sie.

»Das hab ich«, antwortete Susi. »Damals haben wir fast zwei Wochen nicht miteinander geredet. Fabienne war auch sauer, hat es sich aber nie anmerken lassen. Mit Fabienne war das eh eine komische Sache. Die war ja wie besessen von dir. Und das, obwohl du oft richtig fies und gemein zu ihr gewesen bist.«

Milla starrte Susi verwirrt an. Was das jetzt ernst gemeint von ihrer ehemaligen Freundin? Trug sie ihr das immer noch nach? »Ich war nicht gemein, Susi!«, verteidigte sie sich. »Das waren Streiche. Wir waren Kinder«, sagte sie schließlich und hoffte, damit die gekippte Stimmung am Tisch zu retten.

»Deine Streiche waren fies, und wenn du ehrlich zu dir selbst bist, gibst du es zu«, setzte Susi verbittert nach.

»Warum warst du mit mir befreundet, wenn ich so schrecklich war?«, fragte Milla harscher als beabsichtigt.

Susi hob die Schultern. »Ich hab dich trotzdem gerngehabt. Gleichzeitig hab ich die Person gehasst, zu der du wurdest, wenn du mies drauf warst.«

Eine Weile herrschte betretenes Schweigen am Tisch, dann stieß Susi unvermittelt ein Lachen aus. »Das alles ist vorbei, Milla. Du bist eine Seele von Mensch, auch wenn du ein schrecklicher Teenager warst. Ich sage das, damit du Milde walten lässt, sollten Lenny oder Josie sich mal etwas in dieser Art erlauben. Dann weißt du, von wem sie das haben.« Sie zwinkerte ihr zu, griff über den Tisch nach ihrer Hand, drückte sie sanft.

Milla musste sich zusammenreißen, nicht zurückzuweichen. In ihrem Innern herrschte Chaos. Sie sie war kurz davor, aufzuspringen und aus der Situation, ja aus dem Haus zu fliehen. Dann fiel ihr Blick auf Joe und ihr war klar, dass eine vorzeitige Abreise nicht zur Debatte stand. Sie musste das anders auflösen, erwachsen sein und vernünftig.

Sie seufzte innerlich.

»Jetzt komm schon, Milla, zieh nicht so ein Gesicht. Du warst damals eben ein kleines Miststück. Was solls?«, setzte Susi indessen noch mal nach. »Schon möglich, dass ich das alles viel schlimmer empfunden habe, als es tatsächlich gewesen ist. Und dafür gab es auch einen Grund.«

Verständnislos sah Milla sie an.

»Na erinner dich doch mal daran, dass meine Familie damals ziemlich am Arsch war. Kann sein, dass ich deswegen einfach nur überreagiert habe.«

Milla musterte Susi nachdenklich. Die Stimme der Freundin klang aufrichtig, doch da war etwas in ihren Augen, das sie frösteln ließ.

Etwas Verschlagenes …

Ihr schien es fast, als habe Susi es darauf angelegt, sie vor den Männern bloßzustellen …

FÜNFZEHN
DAS HAUS IM WALD

JOSIE

Wieder im Haus, folgte Lenny ihr in das ihr zugewiesene Gästezimmer. Erstaunt sah Josie, wie er sorgfältig die Tür hinter sich zuzog.

»Ist was?«, fragte sie. »Hast du Angst vor Zuhörern?«

»Muss man in diesem komischen Haus ja haben«, murrte er mit Blick auf die Tür. »Ich trau hier keinem mehr. Und was mit Noah los ist, versteh ich immer weniger. Kannst du mir mal verraten, warum er das gemacht hat?«

»Was genau?«

»Na die Sache am Strand. Ich dachte, dass er sich endlich an uns gewöhnt hat und uns vertraut. Wieso hat er mir dann Sand in die Augen geworfen?«

»Das hab ich mich auch schon gefragt«, antwortete Josie.

Lenny fläzte sich auf das Bett und sah sie abwartend an. »Und, hast du eine Idee?«

»Ja, vielleicht hat es was mit dem Bild zu tun, das er am Strand in den Sand gemalt hat.«

Lenny runzelte irritiert die Stirn.

»Das war doch nur Gekritzel. Ein Haus und vier Leute. Eigentlich nur vier Strichmännchen. Du hast geglaubt, das seien wir, und hast das auch laut gesagt. Erst daraufhin ist Noah so sauer geworden.«

»Ich kapier trotzdem nicht, warum er mich dann mit Sand bewerfen muss. Warum macht er so was?«

Josie sah ihn nachdenklich an. »Ich glaube, dass Noah uns mit dieser Zeichnung was Wichtiges sagen wollte. Und nachdem wir alles falsch verstanden haben, ist er ausgetickt.«

»Aber warum sagt er es uns nicht einfach, sondern wird gleich böse?«

Josie hob ratlos die Schultern. »Darüber grüble ich schon die ganze Zeit nach. Aber mir fällt nichts ein. Wahrscheinlich müssen wir Noah fragen und hoffen, dass er sich inzwischen wieder eingekriegt hat.«

Lenny schüttelte heftig den Kopf. »Vielleicht haben wir uns doch geirrt und er ist einfach nur verrückt?«

»Ehrlich, Lenny, das glaube ich immer weniger. Laut seinen Eltern ist er Autist. Und Autismus hat mit Verrücktsein nicht das Geringste zu tun. Er will uns einfach nur etwas mitteilen, uns etwas sagen, was wir nicht verstehen, und das macht ihn wütend, weil er es für wichtig hält. Ich vermute, er kann es uns nicht direkt mitteilen und er ist furchtbar gefrustet, weil wir seine Hinweise einfach nicht verstehen.«

»Und worum soll es da gehen?«

»Ich glaube, dass es etwas mit ihm zu tun hat. Mit ihm und seiner Familie.«

»Aber die sind nur zu dritt. Seine Eltern und er. Er hat aber vier Leute gemalt.«

Josie starrte ihren Bruder an, in ihrem Kopf ratterte es. »Vielleicht hatte er ein Geschwisterchen? Dann würde die Zeichnung Sinn ergeben.«

Lenny sah sie erschrocken an. »Hatte?«

Josie nickte langsam. »Dieses Zimmer hier …« Sie breitete die Arme aus. »Denk doch mal nach und sieh dich genau um.«

»Ist halt ein Mädchenzimmer.«

Sie hob den Zeigefinger. »Genau, du sagst es. Das ist ein Mädchenzimmer.«

»Ja und?«

»Noahs Vater hat aber behauptet, dass es Susis Lesezimmer ist. Und die ist so alt wie Mom. Aber alles hier wirkt, als hätte mal ein junges Mädchen in meinem Alter hier gelebt.«

»Scheiße«, stieß Lenny aus. »Du könntest recht haben. Was, wenn Noah eine Schwester hatte, die gestorben ist?«

»Genau, und Susi und Theo wollen nicht darüber reden. Deswegen behaupten sie, es seien ihr Lesezimmer, ihre Bücher, ihr Reich, in das sie sich gelegentlich zurückzieht.«

»Krass«, murmelte Lenny. »Wenn das stimmt …«

»Was dann?«, fragte Josie. »Denk mal weiter. Wieso sollten die Eltern ihr totes Kind verleugnen? So tun, als hätte es nie eins gegeben?«

»Vielleicht weil sie traurig sind und nicht darüber reden wollen? Als Jacky gestorben ist, wollte ich auch nicht, dass jemand mich drauf anspricht, weil es zu arg weh getan hat. Und Jacky war nicht mein Kind. Es war eine Katze. Trotzdem konnte ich nicht darüber sprechen.«

»Okay«, gab Josie zu. »Das wäre möglich, aber …« Sie brach ab, sah Lenny an.

»Aber?«, fragte er nach, als sie auf ihrer Lippe kaute.

»Was, wenn was Schlimmes passiert ist? Da ist noch immer der Verdacht, dass Susi und Theo Noah wehtun könnten, dass er deswegen so verstört ist. Er hat ja bereits zugegeben, dass er vor seinen Eltern Angst hat, erinnerst du dich?«

Lenny sagte nichts, sah sie nur aus weit aufgerissenen Augen an, als ahnte er, worauf sie hinauswollte.

Sie schluckte gegen den Kloß in ihrem Hals an, suchte nach Worten. »Hast du schon mal etwas vom Münchhausen-Stellvertreter-Syndrom gehört?«

Lenny schüttelte verwirrt den Kopf.

»Ich hab neulich einen Jugendkrimi gelesen, in dem es um so was ging. Eine Mutter hat ihr Kind mit Absicht schwer krank gemacht, damit sie von ihrem Umfeld als besonders aufopfernd wahrgenommen wird. Sie hat ihrem Sohn schlimme Dinge angetan, ihn fast umgebracht, um ihn dann für alle Welt sichtbar zu pflegen. Aber sie hat immer weitergemacht, bis er fast daran gestorben ist. Niemandem ist aufgefallen, dass diese Frau psychisch krank ist.«

»Denkst du, dass Susi das auch hat?«

»Ich halte es für möglich. So seltsam, wie sie sich manchmal benimmt. Denk nur mal an die Geschichte mit den M&M´s. Was für eine Mutter vergisst, dass ihr Kind allergisch auf Nüsse reagiert? Je nachdem, wie allergisch Noah reagiert, könnte es lebensgefährlich für ihn werden.«

»Vielleicht sollten wir zu ihm gehen? Ihn einfach fragen?«

Josie sah ihren Bruder an, legte den Kopf schräg. »Ich glaube, es wäre besser, wenn ich allein zu ihm gehe. Bestimmt ist es ihm schrecklich peinlich, wie er dich behandelt hat.«

»Okay« stimmte Lenny zu. »Mach das. Ich warte hier, bis du zurück bist.«

»Du willst, dass ich gleich zu ihm gehe?«

»Ja, wenn es wirklich so ein Münchhausen-Ding gibt, das seine Mutter da durchzieht, müssen wir ihm helfen.«

»Ich weiß nicht«, zögerte Josie. »Susi hat ihn ja in sein Zimmer gebracht und gesagt, dass er sich ausruhen soll. Ich weiß nicht, ob es klug wäre …«

»Er pennt ganz sicher nicht!«, unterbrach Lenny sie. »Hast du seine Augenringe gesehen? Noah schaut aus, als hätte er seit Tagen nicht mehr richtig geschlafen. Ich denke, er sitzt auch jetzt wieder in seinem Zimmer und starrt Löcher in die Luft.«

»Stimmt auch wieder«, sagte Josie, erhob sich und lief zur Tür. Dort drehte sie sich noch einmal um. »Und du rührst dich nicht vom Fleck, bis ich zurück bin, verstanden?«

»Schon gut. Aber beeil dich.«

Als Josie vor dem Zimmer des Jungen stand, zögerte sie. Sie sorgte sich um Noah und fürchtete sich vor dem, was sie entdecken könnte. Aber das war es nicht allein. Sie schämte sich auch, weil ihr bewusst war, dass sie sich in die Angelegenheiten eines anderen Menschen einmischte, der sie nicht darum gebeten hatte. Zumindest nicht mit Worten.

Was, wenn sie jetzt eine Grenze überschritt, die mit falschen Verdächtigungen eine Lawine ins Rollen brachte, die sich nicht wieder stoppen ließ?

Nachdem sie ihrer Mutter etwas von ihrem Verdacht, Noah würde von seinen Eltern schlecht behandelt, erzählt hatte, war diese ihr nicht beigesprungen. Sie hatte sie zurückgepfiffen und gewarnt.

Keine unüberlegte Aktion.

Keinen Anruf, der sie alle in Schwierigkeiten brachte.

Hatte Mom recht? Was, wenn sie Noahs Verhalten nur falsch interpretierte? Wäre es unter diesen

Umständen nicht denkbar, dass Noah sich durch ihre Einmischung in etwas verrannte, was nicht real war?

Sie machte kehrt, lief wieder zurück in ihr Gästezimmer und lehnte sich von innen gegen die geschlossene Tür.

Lenny lag immer noch auf ihrem Bett, hatte sich inzwischen eins der Bücher gegriffen, das er sofort zuklappte, und musterte sie erstaunt. »Was war los?«, fragte er. »Wieso bist du schon zurück? Schläft Noah?«

»Ich konnte es nicht.«

»Du hast nicht mit ihm gesprochen?«

Sie schüttelte missmutig den Kopf. »Vielleicht ist alles doch ganz anders, Lenny. Ich hab einfach Schiss, wieder in Schwierigkeiten zu geraten, wie damals. Diese Leute hier sind Moms und Dads Freunde … Was, wenn wir etwas kaputt machen, das den beiden viel bedeutet? Dann sind unsere Eltern total angepisst oder traurig, was noch schlimmer wäre.«

»Aber wir können nicht einfach still zusehen, nur weil wir Angst haben, wie Mom und Dad reagieren könnten. Was, wenn Noah wirklich Hilfe braucht und wir nicht wenigstens versuchen, ihn zu verstehen?«

»Wir haben null Beweise dafür, dass in diesem Haus etwas Übles vor sich geht. Wir reimen uns nur was zusammen. Ob davon was wahr ist, wissen wir nicht.«

»Doch, da muss was dran sein.«

»Weißt du irgendwas, Lenny? Hat Noah doch noch was gesagt?«

»Ja, das hat er«, stammelte Lenny. »Ich hab es dir und Mom doch schon erzählt. Aber ich muss immer wieder dran denken.«

»An was genau?«

»Noah hat doch gesagt, dass er nicht will, dass ich sterbe.«

Josie nickte. »Ja, ich erinnere mich. Wie war das noch mal?«

»Er hat im Dunkeln vor meinem Bett gestanden und mich einfach nur angestarrt. Als ich wach geworden bin, hat er mir diese Worte zugeflüstert. Deswegen hab ich mit meinem Gebrüll das ganze Haus geweckt. Das war total unheimlich.«

»Da hätte ich wahrscheinlich auch erst mal losgebrüllt.«

Lenny nickte erleichtert. »Ich dachte, wenn Mom und Dad mir irgendwie verklickern könnten, dass ich spinne und mir das alles nur einbilde ...«

»Was dann?«

»Ich hoffte, dass es dann auch so wäre. Dass ich dann aufhöre, mir Horrorgeschichten auszumalen über dieses Haus und die Leute.«

»Aber das hast du dir nicht ausgedacht, oder?«

»Nein, hab ich nicht. Er hat das wirklich gesagt, als wollte er mich warnen.«

Josie stieß heftig die Luft aus. »Und dann dieser Vorfall am Strand. Du hast recht, hier stimmt definitiv was nicht.«

»Und deshalb musst du zu Noah, hörst du? Du musst ihn fragen, was er uns mit dieser Zeichnung am Strand sagen wollte und wieso er so wütend geworden ist.«

Josie sah ihren Bruder einen Augenblick ernst an, nickte schließlich. »Okay. Aber wenn das schiefgeht, Noah wieder einen Anfall bekommt oder Ärgeres, dann wirst du Mom und Dad sagen, dass es auch deine Idee gewesen ist.«

»Gebongt.« Lenny streckte ihr die Faust hin, in die sie leicht einschlug.

Als Josie erneut vor Noahs Tür stand, war sie wild entschlossen, den Jungen zur Rede zu stellen. Sie hatte die Hand schon erhoben, um an seine Tür zu klopfen, als sie zurückzuckte. Was, wenn jemand von unten hörte, dass sie an Noahs Tür klopfte?

Entschlossen drückte sie einfach die Klinke hinunter, trat ein.

Wie Lenny vermutet hatte, schlief Noah nicht. Er saß auf dem Fußboden vor seiner Eisenbahn und starrte auf die Lok, schien aber nicht wirklich daran interessiert zu sein.

Als er sie wahrnahm, sprang er auf, sah ihr ängstlich entgegen.

»Schon gut«, sagte sie sanft. »Ich wollt nur nachsehen, wie es dir geht.«

Noahs Schultern sackten herab, er fing an zu weinen.

»Nicht doch«, sagte sie rasch, eilte zu ihm, nahm in die Arme, streichelte ihm über den Rücken. Nachdem er sich ein wenig beruhigt hatte, schob sie ihn ein Stück von sich weg, um ihn ansehen zu können.

»Willst du mir erzählen was los ist und warum du vorhin so wütend warst?«

Noah hob den Kopf, wischte sich die Tränen aus dem Gesicht. »Ich wollte Lenny wirklich nicht wehtun«, erklärte er so leise, dass sie ihn kaum verstand.

»Aber wieso hast du es gemacht?«

Noah schien abzuwägen, was er sagen konnte oder durfte, bevor er jedes Wort betonend antwortete. »Weil er getan hat, als würden wir nur spielen. Er hat geraten, was ich gemalt habe, und das war Mist.«

»Weil du in Wahrheit gar nicht uns gemalt hast, oder?«

Noah blieb ihr eine Antwort schuldig.

»Darf ich dich etwas fragen, Noah?«

Er sah sie verunsichert an, nickte leicht.

»Gibt es außer dir noch ein anderes Kind in diesem Haus?«

Ihr fiel auf, dass ihn diese Frage zusammenzucken ließ, doch wieder antwortete er nicht.

»Ein Mädchen vielleicht, ungefähr in meinem Alter?«

Noahs Augen flackerten.

Dann fing er an zu zittern und Josie spürte, dass sie auf dem richtigen Weg war.

»Das Zimmer, in dem ich schlafe, gehört gar nicht deiner Mutter, stimmts?«

Langsam schüttelte er den Kopf, dann griff er nach ihrer Hand, zog sie mit sich zur Tür.

»Was ist los?«, fragte sie. »Möchtest du, dass ich gehe?«

Noah sah sich zu ihr um, verneinte stumm. Im Flur blieb er stehen, legte sich den Zeigefinger auf den Mund.

Josie nickte, um ihm zu signalisieren, dass sie seine Geste verstanden hatte. Sie sollte leise sein.

Auf Zehenspitzen folgte sie ihm zur Treppe, stieg Stufe um Stufe hinter ihm nach unten. Die Erwachsenen schienen auf der Terrasse zu sitzen und über alte Zeiten zu reden, sodass sie unbemerkt in den Keller schleichen konnten. Dort angekommen, deutete Noah auf etliche Kartons, die sich bis fast unter die Decke stapelten.

Sie sah ihn fragend an. Noah wies auf eine der Kisten, die am Boden stand.

»Ich soll da reinsehen?«

Er nickte stumm.

Sie öffnete den Karton, betrachtete erstaunt Stapel von Mädchenklamotten, die in etwa ihre Größe hatten. Sie nahm eins der Shirts heraus, hielt es hoch. »Ist das von deiner Schwester?«

Er sagte nichts, doch seine Augen glitzerten verdächtig. Sie öffnete und durchwühlte den nächsten Karton, in dem ebenfalls Kleidungsstücke waren. In weiteren Kartons fand sie unzählige Plüschtiere.

Er nickte ihr zu, als ermunterte er sie, weiterzuforschen. Das tat sie, fand weitere Kleidungsstücke und Spielsachen und blickte immer wieder fragend zu Noah.

»Wem gehört das Zeug?«

»Warum steht es im Keller …?«

Sie stellte Fragen über Fragen, doch Noah schien nicht bereit, darüber zu sprechen.

Oder er darf es nicht, schoss es ihr durch den Kopf.

Er will ja, dass ich das hier sehe. Nur dafür hat er mich hier runtergelotst. Er zeigt es mir, spricht aber nicht …

Sie sah Noah an, runzelte die Stirn. »Haben deine Eltern dir verboten, mit uns über Familienangelegenheiten zu sprechen?«

Er schluckte, nickte leicht.

»Deswegen zeigst du mir das hier? Weil du möchtest, dass Lenny und ich selbst herausfinden, was hier los ist?«

Noah verzog seinen Mund zu einem Lächeln, wurde aber gleich wieder ernst.

Josie öffnete einen weiteren Karton, in dem ein gerahmtes Bild obenauf lag. Es zeigte einen fremden Mann mit einem Mädchen im Arm, das in ihrem Alter sein dürfte. Beide lehnten lachend an einem blank polierten Fahrzeug.

»Moment mal«, sagte sie verblüfft. »Das Auto steht oben in der Garage, richtig? Ein schicker alter Oldtimer, der sicherlich sauteuer war.«

Noah nickte.

Sie musterte ihn, dann wieder das Bild. Schließlich ließ sie das Foto sinken, sah Noah forschend an. »Wer sind die beiden auf dem Foto?«

Der Junge hob seine Hand, legte erneut seinen Zeigefinger auf die Lippen, starrte sie eindringlich an.

Sie nickte langsam, als ihr klar wurde, worauf er

hinauswollte. Die Antwort auf ihre Frage zur Identität der beiden Personen war etwas, über das er nicht sprechen wollte oder durfte …

Sie machte mit der Hand eine Reißverschlussgeste vor ihrem Mund, nickte ihm zu. Sie würde schweigen.

Kein Wort zu irgendwem …

Er stieß die Luft aus, schien erleichtert.

Zufrieden drehte er sich auf dem Absatz um und verschwand ohne ein weiteres Wort nach oben.

SECHZEHN
DAS HAUS IM WALD

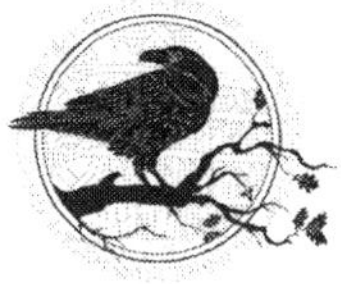

MILLA

»Was hast du, Schatz? Warum vergräbst du dich hier in unserem Zimmer?«

Milla fuhr herum, sah Joe, der unbemerkt hereingekommen war. Um seinen Mund zuckte ein Lächeln, das ihr nicht gefiel. Es wirkte in dieser Situation unangemessen.

»Nichts, alles okay«, schwindelte sie und ärgerte sich, dass Joe mal wieder nichts mitbekam. Stur sah sie erneut aus dem Fenster, ohne etwas wahrzunehmen. Ihr ging Susis Blick nicht aus dem Kopf. Er hatte verschlagen gewirkt, richtig boshaft.

Aber warum?

Wegen einiger Streiche, die sie sich als Kinder gespielt hatten?

Nein! Das ergab keinen Sinn. Hinter Susis Blick musste etwas anderes stecken, und das verfolgte sie. Mehr noch, es machte ihr eine Heidenangst.

»Erde an Milla, wo bist du gerade?«

Sie seufzte innerlich, drehte sich wieder zu Joe um. »Am liebsten würde ich abhauen«, stieß sie aus.

Erschrocken kam er auf sie zu, nahm sie in die Arme. »Warum denn? Wegen vorhin? Nur weil Susi erzählt hat, dass du damals ein kleines Luder warst?«

Sie schob ihn von sich weg. »Ein Luder?«

Er lachte, hob ergeben die Hände. »Gefällt dir Biest besser? Mensch, Milla, das waren Scherze. Susi hat einfach aus dem Nähkästchen geplaudert, wollte uns Männern wohl einen Einblick in eure gemeinsame Vergangenheit gewähren. Dass sie keine langweiligen Storys zum Besten gibt, war ja klar.«

Milla schüttelte den Kopf. »Sie hat das ganz bewusst getan, um mich vor euch mies dastehen zu lassen. Meine sogenannte Freundin hat es so dargestellt, als wäre ich das größte Miststück aller Zeiten gewesen. Aber das war bewusst verzerrt. Sie hat genauso viel Blödsinn angestellt wie ich. Auch sie hat mir Streiche gespielt, einige gingen bei Weitem unter die Gürtellinie. Aber wir waren Kinder, und Kinder machen Mist … deswegen würde ich aber niemals auf die Idee kommen, euch diese ollen Kamellen zu erzählen, nur um Susi bloßzustellen.«

»Das hast du bestimmt völlig missverstanden … Ich bin sicher, dass sie es nicht böse gemeint hat.«

Milla seufzte. »Du hast ihren Blick nicht gesehen, Joe. Der war fies und provokant. Sie hat mir damit wirklich Angst eingejagt. Für einen Moment hatte ich das Gefühl, ihr und Theo ausgeliefert zu sein.«

»Schatz«, murmelte Joe, zog sie wieder zu sich. »Du reagierst über, wirklich! Ich schätze, es liegt daran, was dir diese Frau heute in Ahlbeck erzählt hat. Diese schreckliche Geschichte von euren beiden ehemaligen Freunden, die jetzt tot sind.«

Sie sah ihn an, nickte. »Ja, das hat mir schwer zu schaffen gemacht. Doch deswegen fühle ich mich nicht dermaßen beschissen. Das hat nichts mit Rene und Jannik zu tun.«

»Aber womit dann?«

Sie schluckte, wusste nicht, was sie sagen sollte.

Da gab es so viel zu beichten, doch die alles entscheidende Frage war, wie Joe darauf reagieren würde, wenn sie ihm erst nach all den Jahren vom größten Drama in ihrer Vergangenheit berichtete.

Von den Schuldgefühlen, die sie seither mit sich herumtrug ...

Sag es ihm doch einfach …

Vertraue ihm … Er wird es verstehen.

Sie wollte schon ansetzen und ihm wirklich alles beichten, als lautes Geschrei von draußen zu ihnen hereindrang.

Verwirrt schloss sie den Mund, sah Joe an, dann wieder zum gekippten Fenster hinaus. Sie drückte es zu, drehte den Riegel herum, öffnete es komplett.

»Sind das Theo und Susi?«, fragte Joe verunsichert und trat neben sie.

»Scheint so«, gab sie zurück. »Sie streiten sich ziemlich heftig.«

»Kannst du verstehen, um was es geht?«

Sie schüttelte den Kopf, hielt den Atem an, doch außer ein paar unzusammenhängenden Wortfetzen bekam sie nichts mit. Die Freunde mussten irgendwo draußen sein, weiter weg vom Haus.

Doch wieso sollten Theo und Susi in den Wald gehen oder zum Weiher hinunter, um zu streiten? Das ergab keinen Sinn.

Sie sah Joe an, hob die Schultern. »Dieser Streit zum Beispiel. Dann all die Auffälligkeiten mit Noah ...«

»Was willst du gerade andeuten?«

»Dass keiner von denen wirklich normal ist oder reagiert. Dein Kumpel zum Beispiel hat mich nackt gesehen und seither hab ich das Gefühl, als würde er jede Gelegenheit nutzen, um mich mit seinen Blicken daran zu erinnern. Und Susi ist nicht mehr dieselbe wie früher. Sie kommt mir wie eine Fremde vor, auch wenn sie sich nach Kräften bemüht, es mich nicht merken zu lassen. Und der arme Kleine, Noah … Aus ihm wird niemand schlau.«

»Er ist krank, vergiss das nicht.«

»Ist er das wirklich? Oder haben unsere Kinder recht mit dem Verdacht, dass er von seinen Eltern misshandelt wird und so seine Hilflosigkeit ausdrückt? Es ist einfach …« Sie brach ab, suchte nach Worten. »Ich fühle, dass nichts in diesem Haus so ist, wie es nach außen hin zunächst scheint. Denk nur mal an die verdammte Kaffeemaschine. Keiner konnte sie bedienen. Und Susi wusste nicht mal, wo der Verbandkasten ist. Kommt dir das nicht auch komisch vor?«

Joe grinste. »Theo ist eben Theo. Und Susi, na schön, sie ist chaotisch, doch das macht sie nicht zu einem schlechten Menschen oder einer schlechten Mutter.«

»Eine Sache hast du nicht mitbekommen …«

Joe runzelte fragend die Stirn.

»Sie hat Noah gezwungen, Süßigkeiten von mir anzunehmen, die ich ihm mitgebracht habe. Als er sich weigerte, wurde sie fuchsteufelswild. Dann stellte sich raus, dass es einen Grund für Noahs Weigerung gab. Es waren Schokolinsen mit Erdnüssen, auf die er allergisch reagiert. Und Susi schien das vergessen zu haben!«

Joe verzog das Gesicht. »Das ist blöd, zugegeben. Aber bedenke, dass sie völlig durch den Wind sein muss, so oft wie es in letzter Zeit Probleme mit dem Kind gab. Noah schläft nicht, isst kaum etwas und benimmt sich oft völlig daneben – wahrscheinlich, weil er nicht damit zurechtkommt, dass Fremde im Haus sind. Autistische Kinder sind, wenn sie aus ihrem gewohnten Ablauf gerissen werden, nicht einfach im Umgang. Da würde jede Mutter irgendwann mal die Nerven verlieren.«

»Und ihr Kind in Gefahr bringen, indem sie seine Allergien vergisst? Wohl kaum.«

»Ich verstehe ja, dass du dir Gedanken machst«, erklärte Joe. »Aber eine überstürzte Abreise ist völlig überzogen und würde falsche Signale senden.«

»An wen? An deinen Kumpel, an unsere Kinder, die auch zunehmend ihre Zweifel haben?«

Er sah sie an, legte den Kopf schräg. »Ach, Milla, sieh es doch mal pragmatisch. Heute ist Samstag, wir sind nur noch morgen hier und fahren am Montag sowieso nach Hause. Meinst du nicht, dass du es so lange aushalten könntest? Für mich?«

Er sah sie schmunzelnd an, gluckste leise.

Sie grinste zurück, auch wenn sie innerlich vor Wut kochte. Das war wieder so ein Moment in ihrer Ehe, in dem sie ihren Ehemann am liebsten verflucht hätte. Er mit seinem Gleichmut. Mit seiner Art, ihr den Wind aus den Segeln zu nehmen.

Joe wusste genau, was er sagen musste und wie, damit er sie davon überzeugte, ihre Sicht der Dinge oder ihre Pläne zu überdenken und eher in seine Richtung umzuschwenken.

Von außen betrachtet könnte man meinen, ihr Ehemann sei manipulativ. Doch diese Beschreibung seines Charakters wäre nicht zutreffend. Joe meinte es nur gut. Es war seine besondere Begabung, Menschen dahingehend zu dirigieren, dass sie die richtige Entscheidung trafen.

Nur dass er dies im Moment für sich tat.

Aber hatte er in der Vergangenheit nicht schon mehr als einmal auch ihr zuliebe nachgegeben? War es da nicht fair, wenn sie jetzt für ihn über ihren Schatten sprang?

Was sollte passieren?

Okay, Susi war fies zu ihr gewesen. Doch wenn man bedachte, was sie selbst damals ihrer Freundin angetan hatte … Sie sah Joe an, schmiegte ihr Gesicht an seine Brust. »Von mir aus, bleiben wir eben noch.«

Er umarmte sie fest, küsste sie auf den Scheitel. »Ich danke dir. Du wirst sehen, alles renkt sich ein. Deine Freundin mag speziell sein, aber sie mag dich und wollte dich ganz sicher nicht verletzen.«

»Schon möglich«, murmelte sie an seiner Brust. Wirklich besser ging es ihr jedoch nicht. Da war so vieles, was ihr im Kopf herumgeisterte:

Rene und Jannik, die verunglückt waren.

Noah, dessen merkwürdiges Verhalten selbst den Kindern zusetzte.

Susi, die ihr mal nahe, dann wieder vollkommen fremd war.

Und schließlich die Vergangenheit.

»Ich muss dir etwas sagen«, stieß Milla aus, jetzt wild entschlossen, Joe endlich ihre ganze Wahrheit zu gestehen.

Sie schob Joe von sich weg, um ihn ansehen zu können., öffnete den Mund, als Schritte sich näherten, die Tür aufgestoßen wurde und Josie und Lennard ins Zimmer stürmten.

Milla legte den Kopf in den Nacken, schloss frustriert die Augen. Endlich hatte sie den Mut gefunden, mit Joe über damals zu sprechen …

Schon kam etwas dazwischen.

»Was ist denn los?«, fragte Joe, an die Kinder gewandt, die aufgeregt wirkten.

»Wir haben was gefunden«, sagte Lenny.

Josie hielt Milla ein gerahmtes Bild vor die Nase, auf

dem ein junges Mädchen mit einem gut aussehenden Mittdreißiger zu sehen war.

»Wer ist das?«, fragte sie verwirrt.

»Das Auto, an dem die beiden lehnen«, erklärte ihre Tochter. »Sagt dir das was?«

Milla sah das Gefährt an, schüttelte den Kopf. »Sollte es das denn?«

»Der Wagen steht unten«, sagte Joe, »in der Garage.«

»Okay«, sagte Milla, »und weiter?«

»Ach, Mama.« Lennard funkelte sie aufgebracht an. »Du schnallst aber auch gar nichts.«

»Ich muss doch sehr bitten«, gab sie zurück und sah ihren Sohn ernst an. »Nicht in diesem Ton, verstanden?«

Anders als sonst, reagierte Lenny nicht auf ihre Rüge, starrte nur trotzig zurück.

Sie wandte sich ihrer Tochter zu. »Was soll das? Woher habt ihr das Foto?«

»Es lag im Keller. Noah hat mich mit dorthin gezerrt, um mir etliche Kartons zu zeigen. Sie sind vollgepackt mit Mädchenzeug. Klamotten, Spielzeug – all so was … Ich glaube, dass Noah eine Schwester hatte.«

Milla sah forschend von ihr zu Lenny. »Hatte?«

»Ja, hatte«, bekräftigte Josie. »Und ich glaube, dass mein Zimmer früher ihres war. Das ist niemals Susis Lesezimmer.«

»Was meinst du damit, dass Noah eine Schwester hatte?«

Josie hob die Schultern. »Woher sollte sonst das ganze Zeug kommen?«

»Selbst wenn«, antwortete Joe, »geht uns das nichts an. Vielleicht stimmt es und es gab ein Mädchen. Doch wenn Susi und Theo nicht darüber reden wollen, dann ist das ihre Sache.«

»Guckt euch das Bild doch mal genauer an«, beharrte Lenny.

Milla starrte eine Weile darauf, reichte es dann an Joe weiter.

»Vielleicht sind das Theos Bruder und dessen Tochter? Sie sehen sich ein wenig ähnlich.«

»Was soll uns denn auffallen?«, fragte Joe.

Josie legte den Kopf stöhnend in den Nacken. »Das Auto, Dad. Es steht unten in der Garage und gehört angeblich Theo und Susi … Doch warum sind auf dem Bild fremde Leute?«

Joe gab seiner Tochter den Rahmen zurück. »Weil sie vielleicht das Auto schick fanden und davor posiert haben?«

»Und wenn nicht?«, fragte Lenny.

»Lenny, jetzt mach aber mal halblang. Ich glaube, du liest zu viele schlechte Bücher. Bei den Leuten könnte es sich um Verwandtschaft handeln, um Freunde der Familie. Oder es waren Besucher wie wir. Ich vermute, Theo hätte kein Problem damit, wenn ich fragen würde, ob ich ein Foto mit dir vor seinem Oldtimer machen dürfte.«

Milla hörte schweigend zu und beobachtete, wie Josie Lenny einen verärgerten Blick zuwarf. *Ich hab es dir ja gesagt,* schien sie ihm klarmachen zu wollen.

Doch Lenny reagierte nicht resigniert oder wütend, wie sie erwartet hätte. Er schien sich zu fürchten.

Und das machte Milla mehr Sorgen als alles andere.

SIEBZEHN
DAS HAUS IM WALD

Josie

»Warum hast du es Mom und Dad nicht einfach gesagt?«, fragte Lenny.

»Was meinst du?«

»Na, was du wirklich denkst. Was wir beide denken.«

»Das wäre?« Josie sah ihren Bruder ernst an.

»Warum verraten wir nicht, dass dieses Mädchen auf dem Bild Noahs Schwester ist und dass Theo und Susi ihr etwas angetan haben ...«

»Das wissen wir doch nicht, Lenny. Das sind alles nur Vermutungen. Und was unsere Eltern von denen halten, weißt du ja.«

»Ja, ja, weiß ich. Wir haben keine Beweise. Aber was, wenn wir richtig liegen?«

»Dann weiß Noah davon und darf nichts sagen. Aber auch das vermuten wir nur. Wir haben nur Noahs Reaktion, als ich in seinem Zimmer und mit ihm im Keller war. Und da hat er nichts gesagt. Da war nur sein Blick … sein Gesichtsausdruck. Und er hat genickt, als ich ihn fragte, ob er Redeverbot von seinen Eltern bekommen hat. Doch all das wird Mom und Dad nicht beeindrucken, geschweige denn irgendeine offizielle Stelle wie das Jugendamt.«

»Du hättest es wenigstens versuchen sollen. Vielleicht hätten Mom und Dad uns ja auch geglaubt.«

»Na schön, Lenny. Und was schlägst du jetzt vor?«

»Keine Ahnung, vielleicht reden wir noch mal mit Noah, überzeugen ihn, endlich seinen Mund aufzumachen. Was soll schon passieren? Wenn er sagt, was hier los ist, dann können wir dafür sorgen, dass Susi und Theo richtig Ärger bekommen.«

»So einfach ist das nicht«, gab Josie zurück. »Das Amt nimmt Familien nicht einfach ein Kind weg, nur weil ein Verdacht besteht. Ich glaube, die gucken sich das alles hier vorher an und treffen dann eine Entscheidung zum Wohl des Kindes. Und schau dich doch mal um. Dieses Haus wirkt nicht wie das von Leuten, die ihre Kinder vernachlässigen. Und noch was, Noah hat keine blauen Flecken, zumindest nicht an sichtbaren Stellen.«

»Ja, stimmt alles. Aber was ist mit diesem Münchhausending?«

»Was soll damit sein?«

»Ich hab vorhin im Internet danach gesucht«, erklärte Lenny. »Die wenigsten Betroffenen schlagen ihre Kinder oder brechen ihnen irgendwelche Knochen. Viele machen ihre Kinder auf andere Weise krank, oft mit verdorbenem Essen oder durch Gift und Medikamente, die die Kinder gar nicht brauchen.«

Josie sah ihren Bruder beeindruckt an. »Das hast du selbst herausgefunden? Wie hast du das gemacht?«

»Als du bei Noah warst, hab ich mich in Moms und Dads Zimmer geschlichen und Dads Laptop eingeschaltet.«

»Hast du den Verlauf wieder gelöscht, damit sie nichts merken?«

Er hob die Augenbrauen empor. »Für wie blöd hältst du mich?«

»Trotzdem weiß ich nicht so richtig, was wir tun könnten. Einen anonymen Hinweis geben, so wie damals bei dem Hund?«

»Mom und Dad haben trotzdem rausgefunden, dass du es gewesen bist.«

»Weil ich es ihnen gesagt habe«, gab Josie zu. »Ich hatte ein schlechtes Gewissen und Mom hat nicht lockergelassen. Unsere Eltern sind Anwälte, die merken es, wenn jemand schwindelt.«

Lenny stieß einen Grunzton aus. »Außer bei Theo und Susi, da sind beide total blind.«

Josie nahm Lenny das Bild aus der Hand, setzte sich aufs Bett, betrachtete das Mädchen darauf.

Es war hübsch und wirkte sympathisch. Die Vorstellung, dass es nicht mehr am Leben war, erschreckte sie. Vielleicht, weil dieses Mädchen in ihrem Alter war …

Gedankenverloren studierte sie jedes Detail des Bildes, und tatsächlich entdeckte sie etwas. Warum war ihr das nicht gleich aufgefallen?

Sie sah auf. »Hast du die Spiegelung in der Scheibe bemerkt?«

»Nein, zeig mal.« Lenny nahm ihr das Foto ab, studierte es.

»Du musst genau hingucken«, riet Josie. »Die Scheibe neben den beiden … Darin erkennt man zwei andere Leute.«

Lenny stieß einen Pfeifton aus, den Blick weiter auf das Bild gerichtet. »Scheiße verdammt. Wer ist das?«

Josie nahm ihm die Fotografie ab, hielt es sich so nah wie möglich vor das Gesicht. »Sieht aus wie ein kleiner Junge und eine Frau.«

Sie konzentrierte sich auf die Spiegelung, sog die Luft ein. »Das ist Noah, oder?«

Lenny hob die Schultern. »Schon möglich.«

»Und diese korpulente Frau neben ihm? Das ist unmöglich Susi. Die Person auf dem Foto ist viel rundlicher und hat außerdem eine andere Haarfarbe.«

»Vielleicht hat Susi abgenommen und sich die Haare gefärbt.«

»Auch denkbar, aber das glaub ich nicht.« Josie sprang vom Bett hoch. »Komm mit, wir gehen zu Noah rüber und fragen ihn.«

Josie war so aufgeregt, dass sie wieder darauf verzichtete, anzuklopfen. Sie stieß die Tür auf und huschte mit Lenny im Schlepptau ins Zimmer. Auch jetzt reagierte Noah zunächst nicht. Er saß auf seinem Bett und starrte Löcher in die Luft.

Erst als sie sich neben ihn setzte und ihm das Bild unter die Nase hielt, zuckte er zusammen und kämpfte dann mit den Tränen.

Sie tippte auf die Stelle, an der sich die Frau und das Kind in der Scheibe spiegelten. »Du musst nichts sagen, Noah, nur nicken oder den Kopf schütteln, okay?«

Keine Reaktion.

Josie schluckte. »Das bist du in der Scheibe, oder?«

Sie sah Noah an, doch der rührte sich nicht.

»Ich bin sicher, dass du das bist, und Lenny auch. Wir wissen nur nicht, wer diese Frau ist. Das ist nicht Susi, oder?«

Noah wischte sich die Tränen weg, sah sie endlich an und schien irgendwie erleichtert zu sein. Aber immer noch bestätigte er nichts.

»Ich verspreche, dass ich niemandem etwas verrate,

und Lenny hält auch dicht. Noah, bitte sag uns, wer diese Frau in der Scheibe ist. Und wer sind diese anderen Leute auf dem Foto? Wir können dir nicht helfen, wenn du uns nicht ein bisschen unterstützt.«

Noah nahm ihr das Bild ab und drückte es fest an seine Brust, dann fing er wieder an zu weinen.

»Noah, bitte«, drängte nun auch Lenny. »Es ist gar nicht schwer, du musst nur nicken oder mit dem Kopf schütteln.«

Der Körper des Jungen zuckte von Schluchzern gebeutelt, doch langsam verebbten seine Tränen und er wandte sich Noah und Josie zu. »Ihr dürft mir nicht helfen.«

»Warum?«, fragte Josie. »Was haben sie dir angedroht?«

Noah sah zu Boden, schien zu überlegen, ob er weiterreden sollte oder nicht.

Schließlich ein tiefer Seufzer. »Ich habe solche Angst«, flüsterte er. »Angst um meine Mom.«

»Ich verstehe nur Bahnhof«, murrte Josie, sowie sie wieder in ihrem Gästezimmer waren. »Er hat doch die ganze Zeit über signalisiert, dass er auch vor seiner Mutter Angst hat. Und bei der Sache mit den Erdnüssen war er richtig sauer auf sie. Und jetzt sagt er, dass er Angst um sie hat. Verstehst du das?«

»Vielleicht ist der Kleine doch nicht ganz richtig im Kopf.«

»Das glaube ich nicht«, sagte Josie. »Aber weißt du was, ich geh jetzt noch mal in den Keller und schau nach, ob ich in diesen Kisten noch mehr finde. Falls Mom und Dad nach mir fragen, lass dir was einfallen.«

Lenny nickte. »Mach ich. Aber beeil dich.«

Josie huschte aus dem Zimmer, schlich leise durchs Haus runter bis ins Erdgeschoss, dann weiter zur Kellertür. Als sie unten war, atmete sie tief durch.

Geschafft! Keiner hatte sie bemerkt.

Suchend blickte sie sich um und begann, weitere Kartons zu öffnen. So langsam ging ihr diese Ungewissheit um Noah aufs Gemüt. Es machte sie wütend und traurig zugleich, dass Noah so große Angst hatte und dennoch nicht bereit schien, seine Haut zu retten.

Außerdem ärgerte sie sich auch über ihre eigene Verbissenheit. Inzwischen hatte sie sich so in diese Sache hineingesteigert, dass sie nicht aufhören würde, bis sie nicht wusste, was hier vorging.

Obwohl sie Noah erst seit Kurzem kannte, hatte sie ihn ins Herz geschlossen. Und es erschien ihr unmöglich, ihn zurückzulassen, ohne das Rätsel um diese mysteriöse Familie gelöst zu haben. Und dieses Gefühl war um so vieles intensiver als damals bei dem Hund. Sie spürte einfach, dass es ein Fehler wäre, aufzugeben.

Nacheinander durchwühlte sie die Kartons, bis ihr aus einem davon etwas Pinkfarbenes entgegenblitzte. Sie zog daran, hielt das Shirt in der Hand, das das Mädchen auf dem Bild getragen hatte.

Sie roch daran. Es duftete nicht muffig wie erwartet. Eher so, als läge es noch nicht lange im Keller. Ob das was zu bedeuten hatte? Kurzerhand stopfte sie das Shirt unter ihr eigenes, um es unbemerkt nach oben zu schmuggeln.

In ihrem Zimmer angekommen, blickte Lenny ihr aufgeregt entgegen.

»Und? Was hast du gefunden?«

Sie zog das Shirt hervor, hielt es ihm vor die Nase. »Erkennst du das?«

»Ja. Das trägt das Mädchen auf dem Foto. Warum hast du es mit hochgebracht?«

Sie hob unschlüssig die Schultern.

»Was ist damit, willst du es für dich behalten, oder was?«

»Blödsinn, natürlich nicht. Aber ich glaub, ich hab genau das Shirt schon mal woanders gesehen.«

»Wo?«

»Hundertprozentig sicher bin ich nicht. Aber es muss kurz vor unserem Urlaub gewesen sein, als ich mit Mom noch mal beim Shoppen war.«

»Bildersuche?«, schlug Lenny vor.

»Gute Idee«, stimmte sie zu und breitete das Oberteil auf dem Bett aus. Sie schoss mehrere Handyfotos, wählte das beste aus und ließ es dann durch die Bildersuche laufen. Als nacheinander die Ergebnisse angezeigt wurden, scrollte sie sich durch die Aufnahmen.

»Da«, rief Lenny, der ihr über die Schulter gesehen hatte. »Da ist es!«

Sie folgte dem Bild zu einem teuren Designerlabel. *Twinset Kids …*

Konzentriert klickte sie sich durch den Shop. »Das gibt es doch nicht«, murmelte sie und drehte das Handy zu Lennard. »Das Teil ist aus dieser Saison und somit noch ganz neu. Wenn dieses Mädchen auf dem Foto Noahs Schwester ist, dann kann sie noch nicht lange tot sein.«

Lenny runzelte die Stirn. »Okay … Und was heißt das jetzt?«

»Na, überleg mal. Wenn Noahs Schwester erst in diesem Sommer gestorben ist, wären Susi und Theo doch noch in der tiefsten Trauerphase. Würden sie sich dann Gäste ins Haus einladen? Davon abgesehen, merkt man ihnen nicht an, dass sie einen ihnen nahestehenden Menschen verloren haben.«

»Was willst du damit sagen?«

»Dass das eine verflucht rätselhafte Geschichte ist.

Ich kann mir auch kaum vorstellen, dass sie das Mädchen in ein Heim abgeschoben haben.«

»Und warum nicht, so wie die drauf sind?«

»Weil sie ihr dann ihre Klamotten und ihr Spielzeug mitgegeben hätten.«

ACHTZEHN
DAS HAUS IM WALD

Milla

»Sollen wir den Tisch decken und uns raussetzen, bis die Männer mit den Fischen so weit sind?«

»Gute Idee«, stimmte Milla zu, ließ sich von Susi einen Stapel Teller geben und brachte ihn nach draußen auf die Terrasse. Sie hatte die Teller gerade auf dem Tisch verteilt, als Susi mit einem übervollen Tablett aus dem Haus kam.

»Ich nehm dir was ab«, rief sie, eilte zu Susi und rettete gerade noch eine Schüssel, die drohte wegzukippen. Dann deckten sie zusammen den Tisch.

Beiden schwiegen, als hätten sie sich nichts zu sagen.

Milla fühlte sich denkbar unwohl dabei. Es gab so viel Unausgesprochenes zwischen ihnen, dass sie weder wusste, wo sie beginnen sollte, noch, wie sie dieses Schweigen wenigstens mit Small Talk brechen konnte.

Als alles auf dem Tisch an seinem Platz lag, blickte Susi sie prüfend an. »Okay, raus damit. Du bist aus irgendeinem Grund sauer auf mich. Was ist los?«

Milla schüttelte den Kopf.

»Jetzt komm schon«, sagte Susi, »gib es doch zu. Du bist wütend, weil ich dich vor deinem Mann habe blöd dastehen lassen.«

Milla räusperte sich. »Nicht sauer, nur enttäuscht. Oder besser gesagt, verunsichert. Ich wusste nicht, dass du damals so empfunden hast.«

»Na ja, ich hab wohl ein wenig überreagiert. Die Sache mit Noah am Strand, dann die Geschichte mit den Erdnüssen – ich schätze, ich hab die Nerven verloren.«

Milla sah sie nachdenklich an. Sie war nicht wirklich bereit, nachzugeben, tat es aber dann doch. »Dann ist alles okay zwischen uns?«

»Klar!«, bestätigte Susi. »Trinken wir darauf einen?«

Milla grinste. »Bitte nichts Starkes für mich. Nicht dass ich mich wieder in ein Biest verwandele.«

Susi schmunzelte. »Ich will ja nicht weiter drauf herumreiten, aber damals warst du immer nüchtern.«

»Schon verstanden«, brummte Milla und überlegte fieberhaft, wie sie endlich das Thema wechseln konnte.

Hilfe kam in Gestalt von Theo, der mit Grillzange und Schürze bewaffnet auf die Terrasse trat und nach Susi Ausschau hielt. »Schatz, könntest du bitte Joe zur Hand gehen? Er ist für das Würzen und die Beilagen zuständig, und ich weiß nicht, wo du die Zutaten hast.«

»Eigentlich wollte ich Milla und mir gerade einen Drink machen.« Susi blickte zwischen ihr und Theo hin und her, als widerstrebte es ihr, sie allein zu lassen.

»Das übernehme ich«, gab Theo zurück und zwinkerte seiner Frau zu.

Schulterzuckend entfernte sich Susi.

»Was kann ich dir anbieten?«, fragte Theo.

»Ein Glas Wein vielleicht?«

»Kommt sofort«, gab er zurück, blieb aber stehen. »Ach ja, wegen vorhin … Nimm es Susi nicht übel. Sie ist wegen Noah total fertig mit den Nerven. Deswegen ist sie auch nicht immer diplomatisch, sondern platzt manchmal mit Sachen raus, die falsch ankommen könnten. Sie hat es nicht so gemeint, und davon abgesehen …«

»Ja?«, warf Milla ebenso neugierig wie vorsichtig ein.

»So schlimm fand ich deine Streiche damals nun wirklich nicht. Was Susi von dir erzählt hat, war doch harmlos. Oder es hätte auch auf meinem Mist gewachsen sein können.« Er zwinkerte ihr zu und musterte sie wieder auf eine Weise, die ihr unangenehm war. Zu kumpelhaft, zu vertraulich – als verbände sie etwas.

»Schwamm drüber«, stieß sie schließlich aus, nur um irgendetwas zu sagen. »Ich war damals wirklich manchmal etwas biestig. Ich steckte mitten in der Pubertät, die für mich nicht leicht war. In dieser Phase habe ich nicht nur mit mir selbst gekämpft. Ich war wohl auch ziemlich anstrengend für mein Umfeld und meine Freunde.«

»Du siehst gar nicht aus wie ein Biest«, scherzte Theo. »Im Gegenteil. Auf mich wirkst du total nett und unkompliziert.«

»Ich hab mich verändert. Vermutlich haben wir das alle, auch Susi.«

»Wo wir schon dabei sind …« Er brach ab, sah sie unschlüssig an. »War Susi früher auch schon so …«, er suchte nach Worten, »so nachdenklich und in sich gekehrt? Manchmal hab ich den Eindruck, dass sie am liebsten vor allem davonlaufen würde. Sie hat etwas Dunkles an sich, das sie selbst dann, wenn es ihr eigentlich gut gehen müsste, traurig wirken lässt. Fast als wäre sie traumatisiert. Hast du das auch bemerkt?«

Oh ja, dachte Milla, *ich weiß genau, was du meinst. Doch ich darf nicht darüber reden. Und ich will es auch nicht!*

»Früher war Susi eine richtige Frohnatur«, antwortete Milla ausweichend, statt ihre Gedanken preiszugeben. »Aber wie ich bereits sagte, wir verändern uns alle permanent, durchlaufen einen charakterlichen Wandel, der geprägt ist von allem, was wir erlebt haben, und dem, was wir anstreben.«

Theo lächelte. »Siehst du, das meinte ich vorhin. Du bist so nett und außerdem wirklich schlau. Es ist eine Freude, sich mit dir zu unterhalten.«

Milla senkte beschämt den Blick, weil sich selbst ein harmloses Kompliment aus Theos Mund falsch anhörte.

»Worum geht es?«, fragte Susi, die hinter ihnen aufgetaucht war. Als habe sie Millas Getränkewunsch mitgehört, stellte sie ein Glas Wein vor ihr ab und reichte ihrem Mann eine Flasche Bier. »Den Rest bringt Joe mit.« Sie sah von Theo zu ihr. »Von was redet ihr gerade?«

»Ich hab deiner Freundin gerade gesagt, was für eine Freude es ist, sich mit ihr zu unterhalten«, kam Theo Milla zuvor, die lieber etwa Unverfängliches geantwortet hätte.

Susi nickte, grinste Milla mit einem Blick an, der einfach nur verkrampft wirkte.

»Das war ein Festmahl.« Theo rieb sich zufrieden den Bauch. Milla und Joe stimmten ihm schmunzelnd zu. Im Gegensatz zu Susi und den Kindern, die nur auf ihren Tellern herumgestochert hatten.

»Können wir gehen?«, fragte Lenny, auf seinem Stuhl hin und her rutschend, als könnte er es nicht erwarten, wegzukommen.

»Sobald ihr eure Teller in die Spülmaschine gebracht habt«, sagte Joe. »Ihr seid hier zwar auf Besuch, aber so viel Zeit muss sein.«

»Schon klar«, murmelte Lenny, nahm seinen noch halb vollen Teller und stand auf. Josie und Noah erhoben sich gleichfalls. Merkwürdigerweise schienen die drei sich nach allem, was am Strand vorgefallen war, wieder vertragen zu haben. Während Lenny und Josie gleich ins Haus eilten, half Noah dabei, den Tisch abzuräumen, was ihm einen liebevollen Blick von Susi einbrachte. Dann folgte er den Geschwistern.

Nachdem die Kinder fort waren, klatschte Theo in die Hände. »Jetzt zum gemütlichen Teil des Abends …« Er nahm sein Handy, legte es auf den Tisch, marschierte ins Haus und kam wenig später mit einer mobilen Box zurück, die er mit seinem Smartphone koppelte. Gleich darauf trällerte Bowie eine langsame Rockhymne.

Theo stand auf, sah Milla an, verbeugte sich vor ihr. »Darf ich bitten?«

Sie zuckte zurück, sah von ihm zu Joe, der bis über beide Ohren grinste und sich köstlich zu amüsieren schien.

Ich hab dir gesagt, dass der Kerl auf charmante Weise irre ist, schien sein Blick zu sagen.

Dass sie Theo weder charmant fand noch Lust hatte, mit ihm zu schwofen, schien ihr Angetrauter nicht zu bemerken.

Wieso fragt er nicht Susi?

»Jetzt komm«, drängte Theo, als sie unschlüssig sitzen blieb. »Tu mir den Gefallen. Joe hat gesagt, wie gerne du tanzen gehst, und da meine Liebste überhaupt nicht darauf steht, sollten wir ein paar flotte Sohlen aufs Parkett legen.«

Am liebsten hätte Milla ihrem Gastgeber mit den Augen rollend einen Korb gegeben, aber so sah sie nur noch einmal Hilfe suchend zu Joe. Doch ihr Gatte kapierte einfach nicht, was sie ihm nonverbal mitzuteilen versuchte.

Rette mich!

Vermutlich glaubte er, sie würde sich nur zieren.

»Nun geht schon«, ermunterte er sie jetzt auch noch.

Ergeben stand sie auf, ließ sich von Theo in die Arme reißen und über den Terrassenboden wirbeln.

Bei einer Drehung bemerkte sie Susis giftigen Blick. Wow, ihre Freundin schien vor Zorn zu kochen.

Als der Song endlich endete, löste sie sich hastig aus Theos Griff und eilte zurück an den Tisch.

Theo klopfte indessen Joe kameradschaftlich auf die Schulter. »Ich glaub, ich hab dir meine zweite große Liebe noch gar nicht richtig vorgestellt.«

Joe runzelte die Stirn, dann lachte er begreifend. »Den Wagen? Richtig?«

»Ja, mein ganzer Stolz.«

»Na dann.« Joe erhob sich und blinzelte Milla zu. »Theo und ich verschwinden dann mal in die Garage. Bis später, Schatz.«

»Macht das«, antwortete Milla und war froh, somit zumindest Theo los zu sein. Sie wartete nur ab, bis die Männer weit genug weg waren. Dann wandte sie sich an Susi. »Bist du sauer auf mich, weil ich mit Theo getanzt habe? Ich wollte es nicht, aber du hast ja mitbekommen, wie hartnäckig er war.«

Susi musterte sie einen Augenblick, hob dann die Schultern. »Sauer? Nein, natürlich nicht. Mir ist nur eben klar geworden, dass du dich kein bisschen verändert hast. Du bist immer noch dieselbe wie damals.«

»Was willst du damit sagen?«, fragte Milla einen Tick zu hart.

»Dass du eben diese Wirkung auf Männer hast. Die hattest du schon immer. Du faszinierst sie, ziehst sie in deinen Bann, lässt dich von ihnen nur zu gern umschwärmen. Ich weiß, dass du dir dieser Wirkung auf das andere Geschlecht auch bewusst bist ...«

»Moment mal ...!«, protestierte Milla.

»Nein, lass mich ausreden«, fiel Susi ihr ins Wort. »Mir ist schon damals aufgefallen, dass du dich, sobald ein Mann anwesend ist, besonders mädchenhaft gibst, manchmal auch hilflos, um deren Beschützerinstinkt zu wecken. Das ist reine Taktik bei dir, denn wirklich hilflos bist du ja gar nicht, stimmts?«

Milla blieb kurz die Spucke weg.

Was war das denn?

Sie sprach es nicht aus, versuchte, in Susis Miene zu lesen, die ihren Mund zu einem abfälligen Lächeln verzog. »Jetzt sieh mich nicht so entsetzt an, Milla. Das war nicht als Vorwurf gemeint. Du bist eine schöne Frau und weißt genau, wie du die Männer bezirzen kannst. Du kannst eben dein wahres Ich gut verstecken. Dass du es in Wahrheit faustdick hinter den Ohren hast, ist ja nun wirklich kein Geheimnis.«

»Ich verstehe nicht, worauf du gerade anspielst«, stammelte Milla. »Soll das ein Kompliment oder eine Beleidigung sein?«

»Weder noch«, gab Susi zurück. »Einfach nur eine Feststellung. Du bist, wer du bist, und ich bin vielleicht die Einzige, die dich wirklich richtig kennt und hinter deine Fassade blickt.« Susi beugte sich über den Tisch, grinste sie an. »Du bist die Königin, wenn es darum geht, dich nach außen hin arglos und naiv zu geben, dein Umfeld zu täuschen. Doch in dir steckt alles andere als ein schwaches Frauchen. Du bist eine Kämpferin. Für das, was du willst, bist du bereit, alles zu tun. Gib es zu!«

Milla erwiderte überrumpelt Susis Blick. Dabei kam sie sich keineswegs wie eine Kämpferin vor. Sie fühlte sich auf eine rätselhafte Weise ausgeliefert.

»Ich glaube, dass du für deine Ziele im Leben über Leichen gehst. Dich zu unterschätzen, dürfte ein großer

Fehler sein«, schob Susi mit eingefroren wirkendem Lächeln nach.

Millas Fluchtreflexe setzten ein. Sie wollte sich nur noch zurückziehen. Fort von Susi, raus aus ihrem Dunstkreis. Und sie versuchte es auf die diplomatische Art. Sie gähnte ausgiebig, warf einen Blick auf die Uhr. »Ich glaube, ich gehe dann mal ins Bett«, verkündete sie, ohne auf Susis Worte einzugehen.

Aus dem Augenwinkel bemerkte sie, wie die Männer endlich zurückkamen. Beide wirkten übermütig und bestens gelaunt.

Joe legte leicht den Arm auf ihre Schulter. »Wenn du mal nicht weißt, was du mir zu Weihnachten schenken sollst, sieh dir Theos Schmuckstück an. Das Auto ist der Wahnsinn.« Ohne auf ihre Antwort zu warten, wandte er sich wieder an Theo: »Wie viel hat dieses Schmuckstück gekostet? Und jetzt sag ja nicht, er war ein Schnäppchen oder dass du den Oldie geerbt hast. Dann werde ich neidisch.«

»Kann ich nicht mehr genau sagen«, gab Theo geschmeichelt grinsend zurück. »Ich hab ihn über zwei Jahre hinweg restauriert und immer wieder Geld und Zeit investiert. Aber das ist nun mal mein Hobby.«

Immer noch grinsend, wandte er sich an seine Frau. »Gibt es eigentlich noch ein Dessert?«

»Ja, sicher.« Susi stand auf, sah Milla an. »Hilfst du mir?«

Bedauernd cancelte Milla ihre Pläne, sich zurückzuziehen. Susis Bitte auszuschlagen, wäre unhöflich gewesen. Daher nickte sie und folgte Susi in die Küche.

Dort angekommen, fiel die Freundin ihr unvermittelt um den Hals. Nach der ersten Überraschung schob Milla sie ein Stück von sich weg, sah sie verwirrt an.

In Susis Augen glitzerten Tränen. »Ich bin so glücklich, dass wir uns wiedergefunden haben«, sagte sie mit gepresster Stimme.

»Ehrlich?«, fragte Milla. Susis Gefühlsausbruch ergab nach dem Gespräch draußen keinen Sinn. Sie hatte sich gefühlt, als würde sie angeklagt. Da war nichts Liebevolles in Susis Stimme gewesen, nichts Nettes …

Und jetzt das?

Als wäre sie eine andere Person.

Was stimmte nicht mit ihrer Freundin?

War am Ende nicht Noah das Problem in dieser Familie, sondern die erwachsene Susi?

Ihr fielen Theos Worte von vorhin ein.

Er hatte über eine Düsternis gesprochen, die seine Frau umgab. Sie hatte dazu nichts gesagt. Doch sie ahnte jetzt, was er meinte.

Und nicht nur das.

Im Gegensatz zu Theo kannte sie den Grund dafür.

War das des Rätsels Lösung?

War Susi so durch den Wind, weil sie alles, was damals passiert war, bis heute nicht verarbeitet hatte?

So viele Tote, so viel Verlust – mehr Schmerz als ein einzelner Mensch auszuhalten im Stande war …

War ihre Freundin Susi nur eine gebrochene Seele und benahm sich deswegen so widersprüchlich?

Augenblicklich wurde es Milla speiübel. Wenn dem so war, dann ging es Susi vor allem ihretwegen so beschissen. Ein scharfer Schmerz schoss durch ihr Innerstes. Sie sah ihre Freundin prüfend an, versuchte abzuschätzen, was in ihr vorging.

War es möglich, dass sie es wusste …?

Milla bemerkte das Funkeln in Susis Augen, als sie zum Sprechen ansetzte:

»Sollen wir morgen einen Mädelsausflug machen? Wir gehen wandern und die Jungs kümmern sich um die

Kinder. Ich glaube, es tut uns beiden gut, wenn wir mal Zeit miteinander verbringen. Was denkst du?«

Milla sah Susi an. »Du meinst das ernst?«

»Natürlich mein ich das ernst. Ich bin froh, dich wieder in meinem Leben zu haben, Milla. All die Jahre … ich hab dich wirklich sehr vermisst und immer wieder an dich gedacht, das kannst du mir glauben.«

»Okay«, stimmte Milla zu, obwohl sich alles in ihr dagegen sträubte, mit Susi allein irgendwo hinzugehen.

Diese sah sie freudestrahlend an, küsste sie auf die Wangen. »Fein. Das wird ein Wahnsinnstag morgen, versprochen.«

Milla wusste nicht, was sie daraufhin sagen sollte, befürchtete zudem, dass man ihrer Stimme anmerkte, dass sie in Wahrheit keine Lust auf einen Mädelstrip hatte. Also begnügte sie sich mit einem Nicken.

Susi zwinkerte ihr zu, wandte sich dann zum Kühlschrank um, um das Dessert rauszunehmen.

In Millas Kopf jedoch wirbelten die Gedanken wild umher. Da war es wieder gewesen: dieses Verschlagene in Susis Blick, das ihr durch und durch ging. Eine Art diebische Freude, die rein gar nichts Unschuldiges hatte.

Susis ständige Stimmungsschwankungen und die immer auffälliger zutage tretenden Launen bereiteten ihr mehr als nur Kopfzerbrechen.

Susi verstohlen musternd, korrigierte sie ihr Urteil.

Diese Frau – ihre angeblich frühere beste Freundin – befeuerte eine ansteigende Furcht in ihr, vor der sie am liebsten davonlaufen würde. Aber da waren ja auch noch die Kinder und Joe.

NEUNZEHN
DAS HAUS IM WALD

JOSIE

Ein leises Klopfen an der Tür. Keine Sekunde später spitzte ihre Mom durch den Spalt. »Darf ich reinkommen?«

Josie nickte.

»Nur ihr beide?«, wunderte sich Mom und trat ein. »Wolltet ihr nicht mit Noah spielen?«

»Das haben wir«, antwortete Josie. »Aber dann ist er müde geworden und wollte allein sein. Und weil Lenny und ich noch nicht schlafen wollen, haben wir überlegt, Karten zu spielen.«

»Ach ja?« Ihre Mutter runzelte die Stirn. »Karten, so so. Ich seh aber keine. Wo ist euer Deck?«

Josie stieß ein Seufzen aus. »Musst du immer die Anwältin raushängen lassen, Mom? Das nervt! Wir sind keine Kleinkinder mehr, echt jetzt!«

»Aber erwachsen seid ihr auch noch lange nicht. Also, was ist hier wirklich los?«, fragte ihre Mutter streng. »Und keine Ausflüchte. Ich seh an euren Gesichtern, dass ihr irgendetwas angestellt habt.«

»Okay«, gab Josie zu, sah zu Lenny hinüber, der tatsächlich wie das personifizierte schlechte Gewissen aussah. Er konnte es nicht ertragen, Mom zu enttäuschen. Er war das, was man ein richtiges Mamakind nannte, während sie eher an Dad hing.

Also übernahm sie es, ihre Mom einzuweihen, um ihren Bruder zu schonen. »Ich hab noch was im Keller gefunden.«

»In welchem Keller?«

»Ach Mom, das hab ich dir doch schon lang und breit erklärt. Hier geht was Komisches vor. Und es war Noah, der mich zuerst mit nach unten genommen hat und mich auf die Kisten aufmerksam gemacht hat. Da hab ich auch das Bild gefunden, das ich dir und Dad schon gezeigt habe.«

»Ja und?«

»Ich mach mir Sorgen um Noah, also bin ich deswegen noch mal in den Keller. Allein.«

»Moment mal! Du hast allein in fremder Leute Keller geschnüffelt?«

Josie sah sie trotzig an, nickte. »Ja, und das war gut so. Ich hab nämlich noch was entdeckt.«

Ohne auf das entsetzte Gesicht ihrer Mutter zu reagieren, ging sie zu ihrem Koffer, nahm das Shirt von *Twinset* heraus, breitete es vor Mom auf dem Bett aus. »Erkennst du es?«

»Josie, das ist jetzt wirklich kein Spaß mehr. Wir sind hier verdammt noch mal zu Besuch. Du kannst nicht einfach in den Klamotten fremder Leute herumwühlen und dir nehmen, was dir gefällt. Das ist Diebstahl!«

Josie sah ihre Mutter perplex an. »Du denkst, ich hätte diesen affigen Fummel geklaut? Verdammt, Mom! So was würde ich niemals machen. Und jetzt schau dir das Teil bitte mal genau an. Dann erkennst du hoffentlich, dass ich so was niemals tragen würde.«

»Warum hast du es dann?«

»Weil es dem Mädchen auf dem Foto gehört.«

»Gott, Josie, geht das schon wieder los! Was hast du nur mit diesem Mädchen? Das geht uns alle nichts an, hörst du?«

Josie ignorierte die Worte ihrer Mutter. »Aber Mom, schau doch mal genau hin. Das Mädchen auf dem Foto hat genau dieses Shirt getragen. Und es stammt aus der diesjährigen Saison. Es ist also noch keine sechs Monate alt. Warum also sollte jemand dieses Shirt zusammen mit alten Klamotten in den Keller räumen? Ach ja, in den anderen Kisten sind auch keine aussortierten alten Sachen. Mom, das solltest du sehen, da sind lauter neue Klamotten drin. Das Shirt ist nur ein Teil davon.«

»Na und? Josie, weißt du, wie viele Kisten mit deinen und Lennys Klamotten ich im Keller aufbewahre, um sie irgendwann mal deinen Kindern geben zu können oder vielleicht einen Teil davon zu verkaufen? Das sind mindestens zwanzig. Zwanzig Kisten mit Zeug von deinem Bruder und dir. Genauso wird es sich hier verhalten. Diese Sachen gehören irgendwem und entweder will Susi sie verkaufen oder sie bunkert sie für jemanden da unten. Wir wissen ja nicht einmal, wer dieses Mädchen auf dem Bild ist.«

»Warum hast du Susi und Theo nicht mal danach gefragt?«

»Wieso sollte ich? Erstens würde ich damit preisgeben, dass ihr hier unerlaubt rumschnüffelt, und zweitens würde ich mich in Angelegenheiten mischen, die mich nichts angehen. Keine Ahnung, wie Susi und Theo auf so etwas reagieren würden. Ich möchte das auch nicht herausfinden.«

»Na schön«, sagte Josie, weit davon entfernt, nachzugeben. »Ich hab Noah danach gefragt.«

»Und was hat er gesagt?«

»Nichts«, antwortete jetzt Lenny an ihrer statt. »Er fing an zu zittern, hat geweint und uns mit Gesten zu verstehen gegeben, dass er nicht über das Mädchen reden darf.«

»Genauso war es«, fiel Josie ein. »Er hat Angst, Mom. Er fürchtet sich vor den Konsequenzen, falls er gegen dieses merkwürdige Redeverbot verstößt. Lenny und ich glauben, dass dieses Mädchen seine Schwester ist.«

»Und wie kommt ihr darauf?«

»Als ich ihn auf das Mädchen angesprochen habe, fing er an zu weinen. Ich glaube, dass es tot ist und dass zumindest ein Elternteil etwas damit zu tun hat.«

Ihre Mutter starrte sie mit offenem Mund an. Dann keuchte sie aufgebracht. »Das ist eine furchtbare Anschuldigung, Josephine. Wie zum Henker kommst du darauf?«

»Warum sonst sollte Noah weinen, wenn ich ihn auf das Foto anspreche? Ich hab ihn außerdem gefragt, ob er der Junge in der Spiegelung der Scheibe ist, und das hat er klar bejaht. Als ich ihn nach der Frau neben ihm gefragt habe, hat er mir das Bild aus der Hand genommen, es an seine Brust gedrückt und bitterlich geschluchzt.« Josie brach ab, hob die Hände, ließ sie dann fallen. »Hier stimmt was nicht, Mom, dass musst du mir glauben.«

»Da war noch was«, ergänzte Lenny. »Noah hat gesagt, dass er Angst um seine Mom hat. Als wir weitergefragt haben, hat er wieder dichtgemacht. Zuerst dachte ich, das läge an seiner Krankheit. Aber das glauben wir nicht mehr. Wir denken eher, dass Susi und Theo gelogen haben. Noah ist vielleicht gar nicht krank. Sie wollen nur, dass wir das denken, damit uns nicht auffällt, wie ängstlich und traurig der Kleine ist.«

»Seid ihr jetzt Sherlock Holmes?«

Josie spürte den Blick ihrer Mutter auf sich, doch

diesmal war etwas anders. Sie blickte nicht mehr ganz so misstrauisch.

Die Tür öffnete sich, Dad schaute reihum. »Was ist das hier, ein Familientreffen, ohne mich?«

Mit wenigen Sätzen erklärte Mom ihm, worüber sie gerade geredet hatten.

Dad schüttelte nur den Kopf. »Das darf doch nicht wahr sein, Josephine. Ich verlange, dass ihr mit eurer Schnüffelei aufhört. Das ist unverschämt und verstößt gegen jede Regel der Höflichkeit und des Respekts unseren Gastgebern gegenüber.«

»Aber Dad«, widersprach Lenny.

Dad brachte ihn mit nur einem Blick zum Schweigen.

»Bitte, Dad«, versuchte Josie, ihn zu erweichen.

Doch er blieb dabei. »Ich sag es in aller Deutlichkeit, Schatz. Das hier hört unverzüglich auf. Theo ist mein Freund und ich mag ihn. Und eure Mutter ist mit Susi befreundet. Ihr könnt nicht einfach hergehen und das Leben einer Familie in Frage stellen. Noah ist ein krankes Kind und Theo hat mich bereits vor unserer Ankunft gewarnt, dass der Kleine … nun ja … manchmal gruseliges Zeug von sich gibt und gern Angst und Verwirrung verbreitet. Das macht er auch mit seinen Eltern. Er spielt sie gegeneinander aus. Das ist Teil seiner Störung. Er versteht nicht, dass seine Worte und Handlungen andere verletzen oder ängstigen, weil er große Probleme damit hat, Emotionen zu empfinden, sie anzunehmen oder auszudrücken. Doch ihr beide habt einen gesunden Menschenverstand, und ich erwarte, dass ihr euch auch so benehmt.«

»Und das Mädchen? Wo ist es? Warum sind seine Sachen …«

»Schluss jetzt!«, unterbrach Dad Josie. »Wir haben euch mehrfach erklärt, dass es für alles sicher eine einleuchtende Erklärung gibt. Aber die geht uns nichts an. Es mag sein, dass es eine Tochter gab, die jetzt woanders lebt oder schlimmstenfalls tot ist. Doch selbst wenn, ist das Theos und Susis Problem.«

»Warum trauern sie dann nicht? Wieso haben sie uns so kurz nach dem Tod ihres Kindes hierher eingeladen? Würdet ihr so was Beklopptes tun?«, entgegnete Josie, die so langsam stinksauer wurde. Warum kapierten ihre Eltern nicht, dass hier was oberfaul war?

»Vielleicht ist dieses Mädchen nur eine Nichte der beiden? Theo könnte einen Bruder haben, und ich meine, mich zu erinnern, dass der Mann auf dem Bild neben dem Mädchen Ähnlichkeit mit ihm hatte.«

»Hat er nicht«, kam ihr unerwartet Mom zu Hilfe.

Also hatte ihr Gefühl sie eben nicht getrogen. Zumindest Mom schien diese mysteriöse Geschichte allmählich zu hinterfragen.

»Na dann ist es eben eine Verwandte von Susi. Vielleicht ihr Bruder oder ein Freund der Familie. Selbst ich durfte mich eben hinters Steuer dieses tollen Wagens setzen. Theo hat mir sogar angeboten, mal eine Tour damit zu machen.«

»Susi hat keinen Bruder«, widersprach Mom und ihre Stimme klang dabei seltsam zittrig. »Nicht mehr.«

Dad sah sie irritiert an. »Was meinst du damit?«

»Du sagtest, es sei möglich, dass der Mann auf dem Foto Susis Bruder ist. Das kann nicht sein. Ihr Bruder ist tot, seit vielen Jahren schon.«

Dad sah Mom bestürzt an. »Du sagst das so, als wäre was passiert.«

Josie folgte seinem Blick. Nicht nur Moms Stimme war zittrig, auch ihre Hände. Und sie sah aus, als würde sie jeden Augenblick zu weinen anfangen.

»Schatz«, sagte Dad besorgt und wandte sich Milla zu. »Was ist mit dir?«

Mom öffnete den Mund, schloss ihn gleich wieder.

»Nicht vor den Kindern«, sagte sie nach einer gefühlten Ewigkeit und blickte zu Lenny und ihr. »Ihr geht jetzt zu Bett, alle beide. Und morgen früh reisen wir ab. Ich halte es keine Sekunde länger in diesem Haus aus.«

»Das war echt merkwürdig«, kam es wenige Sekunden später von Lenny. Ihre Eltern hatten sie ohne Erklärungen allein gelassen.

Josie blickte seither ratlos ins Leere.

»Sag doch was«, bohrte Lenny nach, als sie ihn nicht mal anblickte.

Endlich wandte sie sich ihm zu, nickte nachdenklich. »Stimmt, das war wirklich seltsam. Ich glaube, Mom hat auch Angst«, sagte sie schließlich leise. »Als sie von Susis Bruder erzählt hat, wirkte sie, als würde sie jeden Augenblick zusammenbrechen.«

»Vielleicht waren sie und Susis Bruder damals ein Liebespaar?«

»Möglich«, sagte sie, stand auf und ging zur Tür.

»Moment, was hast du vor?«

Sie drehte sich zu Lenny um. »Ich muss herausfinden, was damals los war.«

»Mit Mom, oder was meinst du?«

Josie nickte. »Ja, ich schleich mich zu ihrem Zimmer und lausche an der Tür. Ich muss wissen, warum Mom auf einmal so komisch ist und sofort abreisen will. Die beiden reden bestimmt genau jetzt darüber.«

»Ich komm mit«, bestimmte Lenny.

»Wirst du nicht. Du bleibst hier, damit das klar ist!«

Josie ignorierte das Schmollen ihres Bruders, ging aus

dem Zimmer, schlich den Gang entlang, bis sie vor der Tür ihrer Eltern stand.

Nachdem sie sich mit einem Blick und in den Flur lauschend versichert hatte, dass keiner sie bemerkte, presste sie ihr Ohr an das Holz, hielt die Luft an.

Leider verstand Josie nur wenige Wortfetzen, konnte sich aber einiges zusammenreimen. Wie vermutet, sprachen die beiden über Moms Abreisewunsch. Dad schien ziemlich sauer zu sein. Und Mom versuchte verzweifelt, seinen Fragen auszuweichen.

Aber wieso weinte sie auf einmal?

Etwas in Josie brach.

War das ihre Schuld?

Augenblicklich fühlte sie sich schlecht.

Mom und Dad stritten sich immer heftiger, bis Mom sich scheinbar wieder fing. Sie stammelte etwas.

Josie presste ihr Ohr noch dichter in die Nähe des Schlüssellochs. Warum entschuldigte sie sich jetzt bei Dad?

Die zwischen Schluchzern hervorgebrachten Erklärungen Moms ergaben für Josie keinen Sinn. Dann schnappte sie das Wort Amoklauf auf und erschrak.

Sie presste ihr Ohr noch fester an das Holz, doch das brachte wenig. Die beiden redeten viel zu leise.

Blieb nur das Wort Amoklauf.

Was hatte ein Amoklauf mit Moms Weinen zu tun?

Josie spürte, wie es auf ihrer Haut zu kribbeln begann. Das hatte sie immer, wenn sie konzentriert über etwas nachdachte und versuchte, eine Antwort zu finden. Doch im Moment setzte sie einfach nur Puzzleteile zusammen. Dabei erinnerte sie sich auch blitzartig an Moms Weigerung, auf die Insel zu kommen.

Doch da war noch mehr: Mom war seit Ewigkeiten nicht hier gewesen. Und warum besuchte sie das Grab ihres Vaters nie? Dann diese angespannte Stimmung zwischen Susi und Mom, die doch alte Freundinnen waren. Das war Josie schon bei ihrem ersten Zusammentreffen aufgefallen, als sie einander wiedererkannt hatten. Irgendwie war Mom da nicht sie selbst gewesen.

Verband Susi und Mom so etwas wie ein schreckliches Geheimnis, das keine von ihnen jemandem mitgeteilt hatte? Mom nicht ihrem Dad. Und Susi vermutlich auch nicht Theo.

Sie hatte genug gehört. Genug, um sich noch mehr Gedanken zu machen. Sie drehte sich um, schlich zurück in ihr Zimmer und zu Lenny.

Ihr Bruder saß noch immer auf ihrem Bett, sprang aber auf, als sie das Zimmer betrat.

»Und? Hast du was mitgekriegt?«, fragte er aufgeregt.

Sie nickte.

»Dann los, erzähl schon!«

»Ich glaube, das willst du nicht wirklich wissen.«

Lenny sah sie mit großen Augen an. »Woher willst du das wissen? Nun sag schon. Du hast es versprochen. Solange wir hier sind, halten wir zusammen, egal was passiert.«

Sie nickte seufzend. »Aber versprich mir vorher, dass du nicht gleich losrennst und Mom mit Fragen überfällst.«

Er hob die Hand, als würde er schwören.

»Also gut. Es hat einen Amoklauf gegeben. Hier auf der Insel. Damals, als Mom noch zur Schule gegangen ist. Und ich glaube, dass Susis Bruder bei diesem Amoklauf gestorben ist.«

ZWANZIG
DAS HAUS IM WALD

MILLA

Sie wusste nicht ob sie nur für einen kurzen Augenblick weggenickt war oder länger geschlafen hatte. Selbst jetzt ging ihr Joes entsetzter Gesichtsausdruck nicht aus dem Kopf. Sein Starren, als sie ihm von damals erzählt hatte. Vom schlimmsten Tag ihrer Kindheit. Von jenem Tag, an dem ein Junge – nur ein Jahr älter als sie – viele ihrer Mitschüler und Lehrer erschossen hatte.

Sie war nicht dabei gewesen, war an jenem Tag krank zu Hause geblieben. Doch ihre überlebenden Freunde hatten ihr die Geschehnisse später in aller Ausführlichkeit beschrieben. Sie hatten ihr von dem Blut erzählt, von den Schreien, von der Todesangst, die sie in ihren Verstecken verspürt hatten, von dem Gefühl des Ausgeliefertseins …

Doch der furchtbarste Augenblick, an den sie sich erinnerte, war jener, in dem ihr bewusst geworden war, wer für die grauenhaften Taten verantwortlich war.

Sie schloss die Augen, konzentrierte sich auf ihre Atmung, auf ihren Herzschlag, doch ihr war klar, dass sie in dieser Nacht kein Auge schließen würde. Zu real war die Erinnerung in ihrem Kopf. Zu nah die Angstgefühle von damals, zu schwer die Last, die sie seither mit sich herumschleppte.

Ein Rascheln erschreckte sie.

Milla blinzelte in die Dunkelheit.

Joe schlief tief und fest neben ihr, rührte sich nicht.

Woher also war das Geräusch gekommen?

Ihr Unterbewusstsein warnte sie. Da war jemand im Zimmer. Im selben Augenblick spürte sie es auch schon.

Das Gefühl der Verletzlichkeit im Dunkeln, weil sie nicht sehen konnte, um wen es sich handelte. Nicht wusste, was er oder sie im Schilde führte.

Ihr brach der Schweiß aus.

Das Herz explodierte fast in ihrer Brust.

Ihr war klar, es war keines ihrer Kinder.

Sie spürte, dass eine Bedrohung unmittelbar bevorstand.

Nur, von wem ausgehend?

Kurz überlegte sie, den linken Arm auszustrecken, Joe zu kneifen, damit er wach wurde. Doch wer immer sich in ihr Zimmer geschlichen hatte, würde jede Bewegung, jedes noch so kleine Geräusch wahrnehmen.

Sie hielt den Atem an, ihre Gedanken rasten.

Was sollte sie tun?

Schreien?

Schließlich entschied sie, alles auf eine Karte zu setzen.

Sie würde sich aufrichten, blitzschnell nach ihrem Handy greifen, das Display aktivieren und nachsehen, wer neben ihrem Bett stand.

Gerade als sie nach oben schnellen wollte, strich ein Luftzug über sie hinweg. Sie spürte eine Hand auf ihrem Mund. Eine kleine Hand, die jedoch ziemlich fest war und energisch ihren Kopf zurück ins Kissen drückte.

Noah …

Das musste Noah sein.

Sie griff nach seiner Hand, wollte sie von ihrem Mund wegziehen, doch er nahm seine andere Hand zu Hilfe, hielt sie weiter fest.

Dann hörte sie ihn flüstern.

»Ihr müsst gehen. Jetzt sofort, bitte!«

Milla versuchte, gegen seinen festen Griff anzusprechen, doch er ließ noch immer nicht von ihr ab.

»Pst, du musst leise sein, Milla. Sie dürfen uns nicht hören.«

Sie nickte.

Ein kurzes Zögern, dann ließ Noah von ihr ab.

Milla sog die Luft ein, setzte sich auf.

Als sie Noahs Umrisse vor sich erkannte, atmete sie auf. »Was tust du mitten in der Nacht in unserm Zimmer?«, fragte sie leise.

»Ihr müsst abhauen«, stieß Noah zwischen den Zähnen hervor. »Jetzt gleich. Und ihr müsst ganz leise sein. Sie dürfen euch nicht hören.«

»Was ist passiert?«, fragte Milla. »Hast du dich wieder mit Lenny gestritten? War er gemein zu dir?«

»Ich mag Lenny«, kam es von Noah und seine Stimme klang aufrichtig. »Deshalb müsst ihr gehen. Ich will nicht, dass ihm oder Josie etwas passiert.«

»Was soll ihnen denn passieren?«

»Warum hörst du nicht zu?«, sagte er etwas zu schrill. »Ihr müsst sofort los. Lasst eure Sachen hier. Vielleicht können meine Eltern sie euch später nachschicken.«

»Was soll das bedeuten, Noah? Von was redest du? Warum sollten wir mitten in der Nacht von hier wegfahren, noch dazu, ohne unser Zeug mitzunehmen? Das ergibt keinen Sinn.«

»Es ist eine Falle«, flüsterte Noah. »Sie sagen, dass sie nur dir etwas antun wollen, aber ich glaube ihnen nicht.«

»Wer?«, fragte Milla.

Noah schüttelte in der Dunkelheit den Kopf. »Sei nicht dumm. Mach einfach! Du musst alle wecken und ihnen sagen, dass sie leise sein sollen. Schleicht nach unten und rennt zum Auto. Fahrt einfach weg von hier und holt Hilfe, bitte! Aber beeilt euch!«

Milla schloss für einen Augenblick die Lider. Was der Junge faselte, ergab keinen Sinn. Doch sein Flüstern klang so eindringlich. So verdammt ernst.

Ihr fiel ein, was Joe vorhin gesagt hatte. Dass Noah dazu neigte, Horrorstorys zu erfinden.

Dass es Teil seiner Störung war.

Doch was, wenn alles ganz anders war?

Auch sie hatte sich gestern Abend bei ihrem Gespräch unwohl in Susis Gegenwart gefühlt. Und Theo hatte sie von Anfang an nicht getraut. Da war ständig dieses Gefühl der Beklommenheit gewesen.

Und dann Noahs Verhalten, seit ihrer Ankunft …

Wie viel konnte sie auf die Warnung dieses Jungen geben?

Vielleicht alles …

Oder nichts.

»Noah, hör zu«, flüsterte sie. »Ich bringe dich jetzt zu deiner Mom ins Zimmer, okay? Ich denke, sie kann dir helfen.«

Noah schüttelte heftig mit dem Kopf, wich vor ihr zurück. Schluchzte leise.

»Was ist los, mein Kleiner?«, fragte sie, griff nach seinem Arm, doch er wich ihr aus. Plötzlich ging ein Ruck durch seinen schmächtigen Körper. »Susi ist nicht meine Mom!«

Trotz seines Flüsterns hörte sie die Panik aus seinen Worten heraus.

»Was … ich verstehe nicht«, stammelte sie. »Was meinst du damit?«

Eine Tür ging auf. Irgendwo in der Nähe. Dann vernahm sie energische Schritte, draußen, auf dem Gang.

Noah schluchzte heftiger.

Dann trat er auf sie zu, schlug mit seiner kleinen Faust hart gegen ihre Brust. »Jetzt ist es zu spät«, flüsterte er gepresst. »Du wolltest ja nicht hören.«

Die Schritte kamen näher, verstummten unmittelbar vor ihrer Tür.

In Windeseile huschte Noah in Richtung Badezimmer, verschwand darin.

Er hatte kaum die Tür hinter sich verschlossen, als Milla das Quietschen der Klinke vernahm.

Ein Lichtstrahl schien ins Zimmer. Susi spähte zu ihr herein. Sie sah ängstlich aus. Sorgenvoll. »Hast du meinen Jungen gesehen? Er ist nicht in seinem Zimmer.«

Milla überlegte blitzschnell, entschied sich, dass Lügen zwecklos wäre. »Im Bad«, sagte sie. »Ich glaube, er schlafwandelt. Vielleicht hat er auch nur schlecht geträumt.«

Susi stöhnte leise, sah sie entschuldigend an. »Ich hole ihn. Sorry für die Störung.«

Milla nickte, legte sich ins Kissen zurück, wartete, bis Susi mit Noah auf dem Arm aus dem Badezimmer kam.

An der Tür drehte die Freundin sich zu ihr um. »Schlaf weiter, Milla, und entschuldige noch mal. Kommt nicht wieder vor.«

Sie winkte ab. »Das macht doch nichts. Er ist ein Kind. Meine waren in dem Alter auch oft verängstigt, haben schlecht geträumt.«

Als Susi die Tür hinter sich geschlossen hatte, wartete Milla noch einen Augenblick, dann stieß sie Joe an.

Der murmelte schlaftrunken etwas vor sich hin, bewegte sich jedoch nicht.

»Joe, wach jetzt auf, verdammt!«, sagte Milla leise,

aber doch so eindringlich, dass er sie einfach hören musste.

Endlich rührte er sich. Doch es dauerte trotzdem viel zu lange, ehe er wach und ansprechbar war.

»Was ist los? Es ist mitten in der Nacht, Milla!«

»Noah war gerade hier. Er hat gesagt, dass Susi nicht seine Mutter ist. Und er wollte, dass wir abhauen und unsere Sachen hierlassen. Er klang, als würde er uns warnen wollen.«

Joe raschelte mit seiner Decke, dann wurde es hell im Zimmer. Er hielt sein Smartphone in der Hand, strahlte ihr damit ins Gesicht.

»Lass das«, bat sie. »Ich weiß selbst, wie verrückt sich das anhören muss. Doch irgendwie glaube ich ihm.«

Endlich nahm Joe das Smartphone herunter, ließ aber die Taschenlampe an. »Milla«, sagte er, jede Silbe betonend, als würde er mit einem Kleinkind sprechen. »Das Thema hatten wir erst vor wenigen Stunden. Noah macht so was eben. Er erzählt Blödsinn, stiftet Unruhe und Verwirrung. Du darfst ihn nicht in deinen Kopf lassen.«

»Und du bist zu gutgläubig«, stieß sie zornig aus. »Du denkst, dass jeder Mensch im Grunde seines Herzens dazu bereit ist, das Richtige zu tun, und nur einen Schubser in diese Richtung benötigt. Doch das stimmt nicht. Du kennst ja noch nicht einmal mich richtig, und wir sind seit Ewigkeiten zusammen.«

»Was soll das denn nun wieder heißen?«

»Du wusstest nichts von dem Amoklauf.«

»Du hast deswegen ein Trauma erlitten, Milla. Deswegen hast du mir nichts davon gesagt. Das verstehe ich. Doch es macht dich nicht zu einem schlechten Menschen. Und du hast es mir auch nicht aus bösem Willen verschwiegen. Du hast aus Selbstschutz geschwiegen, weil du dich gescheut hast, alles wieder aufarbeiten zu müssen.«

»Das ist nur die halbe Wahrheit«, gestand sie.

»Was willst du damit sagen?«

Sie schluckte gegen die Enge in ihrem Hals an. Dann sammelte sie all ihren Mut.

»Dieser Amoklauf damals …« Sie brach ab, holte tief Luft. »Er war meine Schuld.«

EINUNDZWANZIG
DAS HAUS IM WALD

MILLA

Joe starrte sie an.

Nach einer schier endlosen Minute räusperte er sich. »Wie darf ich das verstehen?«

»Ich habe etwas getan, was den Schützen dazu getrieben hat, etwas so Schreckliches zu tun.«

Joe sah sie fassungslos an. »Du hast ihm gesagt, dass er eure Mitschüler und Lehrer erschießen soll?«

Milla stieß die Luft aus, schüttelte den Kopf. »Natürlich nicht! Aber ich habe etwas getan, das ihn und einen weiteren Menschen in Schwierigkeiten gebracht hat. Ich hab es außer dir bis jetzt noch keiner Menschenseele erzählt. Aber hätte ich damals nicht so gehandelt, dann wäre es nie zu diesem Amoklauf gekommen.«

Joe lächelte sanft. »Milla, was redest du da? Nichts, was du getan haben könntest, rechtfertigt eine Kurzschlussreaktion wie einen Amoklauf. Der Täter muss vollkommen unabhängig von dir eine psychische Störung gehabt haben, um etwas derart Brutales zu tun. Es war also definitiv nicht deine Schuld, hörst du? Er hat den

Abzug gedrückt. Er hat sich dazu entschieden, Menschen zu ermorden, und nicht du!«

Milla kämpfte gegen die Tränen an. »Was du sagst, habe ich jahrelang versucht zu verinnerlichen. Aber es gelingt mir nicht. Ich bekomme einfach nicht aus dem Kopf, dass es meine dumme Idee war, die eine Lawine ins Rollen brachte, die schlussendlich in dem Amoklauf gipfelte.«

Joe rutschte zu ihr hinüber, nahm sie in den Arm, drückte sie fest an seine Brust. »Es war nicht deine Schuld, Milla, das musst du mir einfach glauben. Es war einzig und allein die Schuld des Jungen, der den Abzug gedrückt hat.«

Sie löste sich von ihm, nickte widerstrebend. Ein Teil von ihr wollte ihm auch noch den Rest der Geschichte beichten. Doch ihr war klar, dass es fürs Erste genug sein musste.

»Da ist trotzdem noch Noah«, brachte sie gepresst hervor. »Was er gesagt hat, macht mir wirklich Angst.«

Joe schüttelte den Kopf. »Tief in dir drin weißt du, dass deine Angst unberechtigt ist.«

Alles in Milla schrie gegen seine vernünftigen Einwände an. Dennoch hörte sie ihm weiter zu, folgte den Worten des Mannes, der es gewohnt war, alles so darzulegen, dass es logisch zu sein schien.

»Selbst wenn der Junge die Wahrheit gesagt hat«, fuhr Joe fort. »Selbst wenn Susi nicht seine leibliche Mutter sein sollte, sie ihn mit ihrem Mann adoptiert hat oder sie ihn nur mit aufzieht, weil er aus Theos erster Ehe stammt, gibt es sicher eine nachvollziehbare Erklärung für alles. Es bedeutet nicht, dass etwas Dunkles hinter Noahs Wunsch steckt, das ihn veranlasst, uns hier wegzuschicken. Er will uns einfach nicht hierhaben, Milla. Wir bringen sein Familienkonstrukt durcheinander. Seinen gewohnten Alltag, den er wohl dringend braucht.«

»Ich weiß nicht«, gab sie unschlüssig zurück. »Du hast geschlafen, Joe, hast seine Stimme nicht gehört. Er klang panisch, als hätte er wirklich Angst um sein und um unser Wohl.«

»Hör zu, Schatz, wir schlafen jetzt und wenn wir später aufstehen, packen wir unser Zeug zusammen und hauen ab, so wie du es wolltest. Wir können irgendwann mal wieder herkommen, wenn Noah älter und stabiler in seinen Emotionen ist.«

»Versprichst du es? Wir reisen gleich morgen früh ab?«

Joe nickte. »Ja. Und jetzt schlaf, Milla. Wenn du willst, dass wir in ein paar Stunden aufbrechen, muss ich noch eine Mütze Schlaf kriegen. Schließlich haben wir mindestens zehn Stunden Fahrt vor uns.«

Eine knappe Stunde später schnarchte Joe neben ihr schon wieder im Tiefschlaf. Doch sie hatte nicht einmal die Augen geschlossen. Noch immer grübelte sie über Noahs eindringliche Worte nach.

Irgendwas stimmte hier ganz und gar nicht. Das wurde ihr mit jeder Sekunde bewusster. Sie hielt es nicht mehr in ihrem Bett aus, schob die Decke von sich, stand auf, schlich leise zur Tür. Sie musste nach ihren Kindern sehen. Und nach Noah …

Vielleicht war er wach … Dann konnte sie versuchen, noch einmal mit ihm zu reden.

Sie tapste leise zu seiner Kinderzimmertür, drückte die Klinke hinunter, lehnte sich mit der Schulter gegen das Holz, doch nichts …

Die Tür gab keinen Millimeter nach.

Sie versuchte es erneut, vergeblich.

Heißer Zorn schoss in ihr hoch, als ihr bewusst wurde, was das bedeutete …

Susi hatte nicht nur ihren Jungen eingeschlossen, sondern auch Lenny.

Das ging gar nicht!

Sie unterdrückte den Impuls, wütend gegen das Holz der Tür zu hämmern, bis auch die letzte Seele in diesem Haus auf den Beinen war. Zunehmend beunruhigt schlich sie zu Josies Zimmer und stieß den Atem aus, als deren Tür mit einem leisen Scharren aufschwang.

Sie trat ein, ging ganz nah ans Bett, keuchte vor Erleichterung, als sie Lenny neben Josie im Bett sah. Beide schliefen tief und fest.

Also hatte Susi nur Noah eingeschlossen …

Warum machte sie das?

Sie hätte ihn doch einfach mit in ihr Schlafzimmer nehmen können, so wie es normale Eltern tun würden.

Normale Eltern?

Nein, das waren weder Susi noch Theo.

Aber was waren sie dann?

Gab es wirklich schreckliche Geheimnisse in diesem Haus, wie Josie und Lenny vermuteten?

Milla fiel Josies Ausflug in den Keller ein.

Sie brauchte Gewissheit, jetzt gleich!

Auf leisen Sohlen verließ sie Josies Zimmer, zog lautlos die Tür hinter sich zu und lauschte, hielt den Atem an.

Im Haus war es mucksmäuschenstill.

Leise schlich sie zur Treppe, stieg nahezu unhörbar nach unten. Die Kellertür war nicht verschlossen, was sie als Zeichen deutete. Weniger hilfreich war, dass sie ihr Smartphone nicht mitgenommen hatte. Also tastete sie nach dem Lichtschalter an der Wand.

Als sie ihn gefunden hatte, schloss sie die Tür leise hinter sich, machte sich auf den Weg nach unten.

Sie fand den Raum, von dem Josie gesprochen hatte, und sah all die Kartons. Sie spähte in einige hinein, schüttelte ungläubig den Kopf.

Josie hatte nicht übertrieben, es war schon seltsam, all die Sachen eines jungen Mädchens hier zu finden. Doch noch konnte sie nicht in Worte fassen, was ihr Unterbewusstsein längst wahrgenommen hatte.

Sie schloss die Augen, konzentrierte sich.

Dann sah sie klar und fand bestätigt, was Josi versucht hatte, ihr mitzuteilen.

Diese Sachen in den Kartons wirkten nicht wie ausrangierte Besitztümer eines Mädchens, das dem Zeug entwachsen war. Es waren lieb gewonnene Habseligkeiten, die wahllos in Kisten gestopft worden waren, um sie vor neugierigen Blicken zu verstecken.

Vor den Augen der Besucher?

Vor ihnen?

Systematisch durchwühlte sie mehrere Kisten. Schichtete gezielt einige davon um und räumte so eine der unteren Kisten frei. Öffnete sie.

Als sie das Eck eines Fotorahmens erspähte, der so aussah, wie der, den Josie entdeckt hatte, zog sie ihn hervor.

Sie stutzte.

Auf dem Bild war das gleiche Mädchen wie auf dem von Josie gesicherten. An seiner Seite strahlte Noah in die Kamera. Der Junge wirkte so anders. Völlig normal und glücklich.

Milla suchte weiter in der Kiste, fand noch ein gerahmtes Foto.

Eine Frau, neben ihr wieder Noah und das Mädchen.

In Milla zog sich etwas zusammen. Sie kannte dieses Gesicht. Es war rundlicher als früher, aber es war ...

Fabienne …

Diese Frau auf dem Bild war Fabienne.

Susis und ihre alte Schulfreundin!

Milla ließ das Bild sinken, schloss die Augen.

Was hatte das zu bedeuten?

Das weißt du doch längst!, flüsterte es in ihr.

Sie öffnete die Augen, zuckte zusammen, als sie etwas Dunkles auf dem Boden unterhalb eines Kartonstapels wahrnahm.

Sie ging in die Hocke, betrachtete den Fleck.

Was zum Geier war das?

Sie stand auf, räumte den Stapel so geräuschlos wie möglich beiseite, spürte, wie ihr Herz einen Schlag aussetzte, als sie sah, dass der Fleck riesig war.

Doch nicht nur das …

Ihr wurde schwindelig.

Dann speiübel.

Sie schwankte, ging in die Hocke, um ihn sich aus der Nähe anzusehen.

Als ihr klar wurde, dass ihr erster Impuls sie nicht getrogen hatte, presste sie sich entsetzt eine Hand vor den Mund, um nicht loszuschreien.

Dieser Fleck vor ihr auf dem Boden …

Das war getrocknetes Blut!

ZWEIUNDZWANZIG
DAS HAUS IM WALD

Susi

»Es ist so weit!« Ihre Stimme klang schrill, aber im Moment war sie viel zu aufgeregt, um auf Theo Rücksicht zu nehmen, der es hasste, wenn sie in dieser Tonlage mit ihm sprach.

Wie konnte er nach allem, was gerade passierte, nur wieder einschlafen? Das war wohl eine Gabe vieler Männer. Egal, unter welchem Druck sie standen, ganz gleich, wie gestresst sie waren, kaum berührten ihre Köpfe ein weiches Kissen, schliefen sie bereits. Theo war da keine Ausnahme und obwohl es sie ansonsten nicht störte, hätte sie im Moment am liebsten auf ihn eingeprügelt, um ihn aus dem Schlaf zu reißen.

Als er endlich zu sich kam, glotzte er sie nur verwirrt an. »Was ist denn los, Susi? Es ist noch mitten in der Nacht. Was willst du von mir?«

»Es muss jetzt zu Ende gebracht werden! Jetzt, auf der Stelle!«

»Spinnst du jetzt völlig?«

»Ich weiß, dass wir es anders besprochen haben. Dass wir es wie einen Unfall aussehen lassen und uns dann still und heimlich davonstehlen wollten.«

»Ja und?«, knodderte Theo und wollte sich wieder umdrehen.

»Bleib wach, verdammt! Und hör mir zu. Wir müssen es jetzt durchziehen. Kapiert? Alles andere hätte sowieso niemals funktioniert.«

Theo sah sie an, runzelte unwillig die Stirn. »Was redest du da? Unser Plan ist wasserdicht.«

»Das glaubst auch nur du. Ich bin das alles noch mal gedanklich durchgegangen.«

»Als ob wir das nicht schon etliche Male durchgekaut hätten. Lass es uns so machen wie besprochen.«

»Nein! Das funktioniert nicht. Überleg doch mal. Spätestens nachdem Joe erfahren hätte, dass seine Frau beim Wandern verunglückt ist, hätte er die Bullen gerufen. Was denkst du, wie lange es dauert, bis die rausfinden, dass das nicht unser Haus ist?«

»Na und? Sollen sie doch! Bis dahin sind wir längst über alle Berge. Du musst mich nur wie vereinbart anrufen, wenn du das mit Milla erledigt hast. Ich sage Joe, dass ihr von eurem Ausflug später zurückkommt, und verschwinde schon mal. Bis Joe kapiert, dass ihr Mädels nicht zurückkommt, sitzen wir längst im Flieger.«

Susi verzog zweifelnd das Gesicht. »Und dann? Hast du mal darüber nachgedacht? Nein, hast du natürlich nicht. Aber ich sag es dir. Wir dürften nie zurückkehren. Müssten immer Angst haben, dass sie uns finden. Das ist keine Zukunft, Theo. Nach allem, was ich durchgemacht habe, nach allem, was hinter mir liegt, habe ich mehr als ein Leben auf der Flucht verdient. Meinst du nicht auch?«

Theo zog sie an sich. »Du hast alles Glück der Welt

verdient, mein Liebling. Aber es sind Kinder, bedenk das doch bitte. Sie haben auch eine Zukunft verdient.«

»Nur darum geht es dir?«

Er nickte. »Sie können für all das nichts. Sind unschuldig«

»Die Männer auch«, gab sie zurück. »Joe und Daniel sind genauso unschuldig wie die Gören. Sie haben schlichtweg die falschen Frauen geheiratet.«

Er seufzte. »Damit komm ich klar, aber nicht mit dem Mord an drei Kindern. Ist schon schlimm genug, was wir Noah antun mussten. Er wird für den Rest seines Lebens damit klarkommen müssen.«

»Das musste ich auch! Und ich muss es bis heute. Ich war damals selbst noch ein Kind, als ich wegen dieser Schlampe meine ganze Familie verloren habe. Mein Bruder hat mir alles bedeutet. Ich hab immer noch seinen völlig zerstörten Schädel vor Augen, das riesige Loch darin, sehe all das Blut vor mir. Bis heute hab ich manchmal das Gefühl, es wieder auf meinen Lippen zu schmecken, nachdem die Kugel sein halbes Hirn auf meinem Gesicht verteilt hat. Thomas hat sich direkt vor meinen Augen erschossen, und ich war damals auch erst fünfzehn!«

»Ich weiß, Schatz. Aber die Kinder waren niemals Teil unseres Deals!«

»Dann werden sie es eben jetzt, Theo! Es wird aussehen, als sei es Milla gewesen, die durchgedreht ist.« Sie hob die Schultern, sah ihn wütend an. »Wie hast du dir das überhaupt vorgestellt, sag mal? Wolltest du wirklich den Kerl mit seinen Kindern davonkommen lassen? Und die anderen drei auch? Wie soll das gehen? Die haben unsere Gesichter gesehen.«

»Von den Rabes hat nur Noah unsere Gesichter gesehen, und ihn bekomme ich in den Griff. Ich mache dem kleinen Scheißer solche Angst, dass er uns niemals verraten wird. Und seine Schwester und sein Vater haben nur eine Person gesehen, deren Gesicht von einer Sturmhaube verdeckt war. Sie werden sich mit Sicherheit auch nicht mehr an das ganze Drumherum erinnern, nachdem du sie ja mit dem Medikament permanent unter Betäubung gehalten hast. Sie werden aussagen, dass sie überfallen wurden. Dass Unbekannte sie aus dem Haus geschafft, sie gefesselt und ihnen was gespritzt haben. Das ist alles. Die beiden haben nicht mal mitbekommen, was du mit Fabienne gemacht hast.«

»Noah aber schon«, gab sie zurück. »Er war dabei. Und das war deine Idee. Auch, dass er die ganze Zeit über mit uns im Haus bleiben soll.«

»Das ging nicht anders. Dieser Ausflug, über den ich an Joe im Internet drangekommen bin, war im Forum als Vatertagstripp ausgeschrieben. Ich musste also ein Kind erfinden und es hätte blöd ausgesehen, wenn dann keins hier gewesen wäre, als sie herkamen.«

»Wir hätten sagen können, dass er im Ferienlager ist.«

Theo seufzte ungehalten. »Das haben wir aber nicht, okay? Und jetzt ist es eben so, wie es ist, und wir müssen das Beste draus machen.«

»Aber Joe hat uns gesehen, genau wie Lenny und Josie. Wie willst du es hinbekommen, dass die alle die Klappe halten?«

»Hab ich doch gerade erklärt! Wenn wir es so durchziehen wie geplant, wird nichts auf uns hindeuten. Joe und seine Kinder werden nichts davon mitbekommen. Wir werden es aussehen lassen, als wäre Milla während eures Ausfluges plötzlich ausgerastet und anschließend verschwunden. Dass du verzweifelt nach ihr gesucht hast, weil du dachtest, ihr sei etwas zugestoßen. Später wird man ihre Leiche finden. Daneben die von Fabienne. Weder Joe noch der Rest der Familie Rabe wird wissen, was genau passiert ist.«

»Und wie erklärst du der Polizei bitte schön, dass wir dieses Haus besetzt und als unseres ausgegeben haben? Joe wird denen natürlich sagen müssen, dass wir es waren und nicht die Rabes, die sie eingeladen haben. Meinst du nicht, das wird Verdacht erregen?«

Theo senkte den Blick, offensichtlich waren ihre Argumente stichhaltig genug und ihm fiel nichts ein.

Sie beobachtete ihn, wartete, bis der Groschen bei ihm wirklich gefallen war.

»Scheiße«, stieß er aus und sah sie finster an. »Du hast recht, das können wir nicht erklären.«

»Und das wird uns den Hals brechen.«

»Aber es sind Kinder, Susi. Ich bring das nicht übers Herz.«

Sie sah ihn seufzend an. »Musst du auch nicht. Wir schalten Millas Mann gemeinsam aus, bringen die Kinder zu den anderen in die Hütte, fesseln und betäuben sie. Du musst dich dann nur noch um Daniel kümmern, okay? Noah, Lenny und Josie werden erst gefunden, wenn sie bereits tot sind. Wir machen alles so, wie ich es gerade erklärt habe. Alle werden glauben, Milla sei durchgedreht, habe so etwas wie eine Psychose erlitten. Wir werden sie zwingen, einen Abschiedsbrief zu schreiben, der das glaubhaft macht.«

»Und wie willst du sie dazu bringen?«

»Wenn wir ihr sagen, dass die Kinder überleben, wird sie es tun. Alle werden denken, dass sie wegen ihrer Schuldgefühle einen Zusammenbruch hatte. Dass sie zuerst Fabienne und deren Mann getötet hat, dann Joe. Die Polizei wird glauben, dass sie die Kinder weggebracht hat, damit sie nichts mitbekommen. Man wird annehmen, dass sie gehofft hat, die Kinder würden rechtzeitig gefunden werden, was dann leider Gottes nicht passiert ist. Alle werden überzeugt sein, dass Milla nach allem, was sie angerichtet hat, Suizid begangen hat, und wir sind aus dem Schneider.«

»Ich weiß nicht, das klingt alles recht kompliziert.«

»Nein, es ist ganz logisch und klar. Wir müssen nur alle Spuren von uns beseitigen, inklusive der Nachrichten und Mails, die zwischen Joe und dir hin und her gingen. Du musst dich aus dem Forum löschen, in dem du sein Vertrauen gewonnen hast. Nichts darf auf dich hinweisen, und falls doch, sind wir bis dahin eh schon weit weg und können in Ruhe abwarten, was passiert.«

»Okay, aber warum jetzt? Wieso heute Nacht und nicht wie besprochen morgen in aller Ruhe?«

»Weil sie im Keller ist.«

Er starrte sie an.

»Wer?«

»Na Milla. Ich bin ihr gefolgt, hab sie keuchen hören. Sie hat den Blutfleck entdeckt.«

»Und du hast sie einfach da rumspionieren lassen? Was, wenn sie Joe längst aus dem Bett geholt hat?«

»Ich hab sie natürlich eingeschlossen. Aber wir sollten trotzdem langsam mal mit Joe loslegen, bevor sie …«

Ein lautes Poltern erklang.

»Scheiße verdammt.« Susi lief zur Tür. »Du kümmerst dich um Joe, ich mich um die Schlampe.«

Theo nickte, sah dabei aber nicht gerade glücklich aus. »Und die Kinder?«, fragte er. »Was, wenn sie wach werden?«

Susi grinste. »Werden sie nicht. Ich hab ihnen vor dem Schlafen einen Kakao gebracht, den sie brav getrunken haben. Nur Noah scheint ihn nicht angerührt zu haben. Er war vorhin bei Milla im Zimmer, hat sie aufgescheucht. Seinetwegen ist sie jetzt im Keller.«

»Dann los«, sagte Theo, folgte ihr zur Tür.

Susi registrierte, wie er nach dem Baseballschläger griff und ihn hinter seinem Rücken versteckte. Sie lächelte zufrieden. Endlich schien er begriffen zu haben, dass sie keine Wahl hatten.

Sie trat aus der Tür, wo sie beinahe mit Joe zusammengeprallt wäre.

»Was ist hier los?«, fragte der verdattert, sah von ihr zu Theo. »Was hämmert hier so?«

»Keine Ahnung«, gab sie zurück, versuchte, so arglos wie möglich dreinzuschauen, um Joes Misstrauen nicht zu wecken. Sie mussten das Überraschungsmoment nutzen, um ihn auszuknocken.

»Lasst mich sofort hier raus«, kreischte Milla plötzlich von unten.

Susi seufzte innerlich.

»Was zum Teufel geht hier vor?« Joe sah von ihr zu Theo.

»Ich hab Angst«, rief Noah im gleichen Moment .»Macht auf, macht doch die Tür auf. Die Klinke an seiner Tür sprang auf und ab. Gleich darauf kreischte auch Milla von unten aus dem Keller.

Joe rannte auf die Treppe zu, raste nach unten und zerrte an der Klinke der Kellertür. »Milla«, schrie er. »Was ist los? Was machst du da drin? Und wieso ist die verdammte Tür verschlossen?«

»Du musst aus dem Haus raus«, schrie sie verzweifelt. »Jetzt sofort. Geh, schnapp dir die Kinder und haut ab.«

»Ich verstehe nicht«, stammelte er, drehte sich von der Tür weg und zu ihnen um.

Susi bemerkte, wie Theos Hand hinter seinem Rücken sich fester um den Griff des Schlägers legte.

»Noah ist gar kein Autist und er hat von Anfang an die Wahrheit gesagt, Schatz«, rief Milla. »Susi weiß, was ich getan habe. Dass alles meine Schuld ist und ihre

Familie wegen mir sterben musste. Sie ist nicht Noahs Mutter und Theo nicht sein Vater. Dieses Haus gehört einer anderen Familie. Susi und Theo haben uns in eine Falle gelockt.«

»Was?« Joe schüttelte den Kopf, schien vollkommen fassungslos. »Ich verstehe das nicht.«

Er sah zu Theo. »Was meint sie damit?«

Susi rollte mit den Augen. Manche Kerle waren wirklich schwer von Begriff.

»Echt jetzt, kapiert du es immer noch nicht?«, schnauzte sie Joe an. »Und so was wie du will Anwalt sein«, stieß sie verächtlich aus. »Das Haus gehört Fabiennes Familie. Eine Freundin von Milla und mir. Fabienne hat sich einen reichen Typen geangelt. Daniel Rabe, den Architekten. Die beiden haben zwei Kinder … Seinen Jungen kennt ihr ja bereits.«

»Und wo ist Fabiennes Familie jetzt? Wieso seid ihr …« Joe stockte. Seine Augen weiteten sich. »Was habt ihr mit den Leuten gemacht?«

»Bis auf Fabienne sind alle wohlauf«, sagte Susi mit einem gleichmütigen Schulterzucken.

»Und was ist mit Fabienne?«

Susi seufzte. »Tja, die Ärmste. Sie betrachtet inzwischen die Radieschen von unten, genau wie es deine Frau bald tun wird.«

Das war das Zeichen für Theo …

Jetzt sollte er loslegen.

Sie bemerkte, wie sich Joes Muskeln anspannten.

Und als könnte Milla durch das Holz der Kellertür sehen, was hier ablief, fing sie an zu kreischen.

Joe wollte sich nach vorne auf Theo stürzen, doch der war schneller. Im Bruchteil einer Sekunde krachte der Schläger in sein Gesicht. Stöhnend sackte er zusammen.

Plötzlich herrschte Stille im Haus.

Auch Millas Gebrüll hinter der Tür war verstummt.

Susi sah Theo an, grinste triumphierend. »Volltreffer«, gratulierte sie und deutete mit dem Kopf auf die verschlossene Kellertür. »Die übernehme ich, wie besprochen. Du musst sie nur in Schach halten, damit sie macht, was wir ihr sagen.«

DREIUNDZWANZIG
DAS HAUS IM WALD

MILLA

Theo beugte sich über Milla. »Ich glaub dein Zinken ist gebrochen. Warum musstest du auch hinter der Tür kauern?«

Susi pfiff durch die Zähne. »Deine Nase sieht wirklich übel aus.« Sie ging neben Milla in die Hocke, sah sie ernst an. »Ich wünschte wirklich, das hier wäre anders gelaufen. Um der alten gemeinsamen Zeiten wegen tut es mir auch leid. Aber was jetzt passiert, hast du mehr als verdient.«

Milla schluckte. »Bitte, Susi, tu das nicht. Nicht meine Kinder, nicht Joe.«

Susi verzog das Gesicht zu einer Fratze. »Was interessieren mich deine Gören ... Weißt du überhaupt wie viele Menschen du auf dem Gewissen hast?«

»Aber meine Kinder haben dir nichts getan.«

»Aber du! Du hast meine Eltern auf dem Gewissen. Ich gebs zu, mein Vater war ein Arschloch. Aber meine Mutter konnte für all das nichts. Sie war meinem Vater hilflos ausgeliefert. Und was du getan hast, hat meinen

Bruder zerstört. Deinetwegen hat Sascha sich umgebracht. Er war gerade erst Ende zwanzig. Und Thomas … Er liebte ihn und durfte nicht einmal an seiner Beerdigung teilnehmen, weil Vater ihn im Keller eingesperrt hatte.«

»Aber Susi, ich konnte doch nicht ahnen, zu was dein Bruder fähig ist. Und ich wollte ganz sicher nicht, dass Sascha so viel Leid widerfährt.«

Susi starrte angewidert auf sie hernieder. »Das hättest du dir überlegen sollen, bevor du diese Fotos geschossen hast. Diese verfluchten Aufnahmen waren überall, jeder hat sie gesehen. Meinen Bruder mit seinem schwulen Liebhaber, der sein Lehrer war. Aber Thomas war bereits siebzehn und kein Kind mehr, als Sascha und er etwas miteinander hatten. Es war Liebe zwischen den beiden und nichts Verwerfliches. Trotzdem hat man Sascha wie einen Verbrecher behandelt, nur weil er schwul war und seinen Schüler liebte. Die beiden hatten ihre Zukunft geplant, wollten, sobald Thomas volljährig war, zusammenziehen. Mein Bruder wollte meinen Eltern in einem passenden Moment erzählen, dass er Männer liebt. Doch du hast das alles zunichtegemacht mit deinen Fotos. Du hast zwei Menschen, die sich nur ineinander verliebt hatten, fotografiert und die Aufnahmen in der Schule aufgehängt, sodass jeder sie sehen und die Bilder ihrer Liebe verbreiten konnte. Damit hast du sie bloßgestellt. Ehe sie sich zueinander bekennen konnten, hast du ihre Zuneigung zu etwas Hässlichem verzerrt. Mein Vater war so wütend, dass er Sascha angezeigt hat, weil er mit einem Schutzbefohlenen in der Öffentlichkeit Sex hatte. Und meinen Bruder hat er danach wie einen Aussätzigen behandelt.«

Milla bemerkte, dass Susi sich in Rage redete und rechnete jede Sekunde mit dem Schlimmsten. Doch dann sah sie aus dem Augenwinkel, wie diese den

Schläger zur Seite warf und sich im Schneidersitz neben ihr niederließ. Fieberhaft überlegte sie, wie sie Susi doch noch beschwichtigen konnte. Aber ihr fiel nichts ein als sie reden zu lassen.

»Sascha hat damals seinen Job verloren und wäre auch nie wieder von einer Schule als Lehrer eingestellt worden«, setzte Susi ihren Monolog fort. »Sein gesamtes Studium, die Strapazen des Lernens, all die guten Klausuren, die vielen Nebenjobs, mit denen er sich über Wasser gehalten hatte – alles war umsonst gewesen. Und das nur deinetwegen! Wegen deines ekelhaften Streichs hatte er alles verloren.

Du hast sein Leben zerstört!

Sascha hatte keine Perspektive, keinen Lichtblick, keine Zukunft mehr. Deswegen hat er sich hinters Steuer gesetzt und ist mit seinem Wagen gegen einen Baum gefahren.

Meinem Bruder hat es das Herz zerrissen, verstehst du? Er hatte noch niemals in seinem Leben einen Freund, hatte noch nie zuvor jemanden so sehr geliebt wie Sascha. Und seine beschissenen Freunde waren jetzt auch keine Hilfe mehr, im Gegenteil …«, spie Susi ihr entgegen. »Nachdem sie wussten, dass er schwul war und was mit seinem Lehrer hatte, haben sie ihn gemobbt, sich über ihn lustig gemacht. Ihn fallen lassen wie eine heiße Kartoffel. Und Dad, der Einzige, der ihm noch hätte beistehen können, hat sich auch gegen ihn gestellt. Thomas war komplett isoliert, er hatte niemanden mehr.«

»Ich war doch auch erst fünfzehn, Susi«, versuchte Milla, Susi zur Vernunft zu bringen. »Ich hatte keine Ahnung, welche Auswirkungen mein Streich haben würde.«

»Warum hast du es überhaupt getan? Sag es mir, verdammt!«

»Ich war verliebt in Sascha«, stieß Milla verzweifelt aus. »Und als ich Thomas und Sascha zusammen sah, ist was in mir zerbrochen. Ich war total eifersüchtig auf deinen Bruder. Ich dachte doch, dass Sascha mich auch mag, nachdem er so oft mit mir geflirtet hat.«

»Boah, da ist sie wieder, die Milla, die glaubt, jeden Mann um den Finger wickeln zu können. Nur dass du bei Sascha falsch lagst. Er hat dich natürlich nicht direkt vor den Kopf gestoßen, wenn du ihn mit deinem Schulmädchenblick angehimmelt hast. Er hatte schreckliche Angst, sich zu outen, weil es damals und selbst heute noch Menschen gibt, die andere aufgrund ihrer sexuellen Gesinnung verurteilen. Er wollte nicht, dass seine Schüler und Kollegen ihn mit anderen Augen sehen, nur weil er Männer bevorzugt. Außerdem ist das eh Privatsache. Wieso hätte er sich ausgerechnet dir gegenüber outen sollen? Nur damit dämliche Weiber wie du nicht auf dumme Ideen kommen?«

Milla schluckte gegen die Tränen an. »Ich würde es rückgängig machen, wenn ich könnte. Doch das kann ich nicht. Aber bitte, Susi, glaube mir, dass es mir wahnsinnig leidtut. Ich trage diese schwere Schuld seit Jahren mit mir herum. Dass meinetwegen so viele Menschen haben sterben müssen, verfolgt mich bis in meine Träume.«

»Ja ja, lass dein Gejammer. Dafür ist es eh zu spät.«

Susi wandte sich zu Theo um. »Ich bin fertig mit ihr. Jetzt bist du dran, erledige deinen Part!«

Susis Mann kam näher, ging neben Milla in die Hocke. »Eines der Opfer war übrigens meine Stiefmutter. Wusstest du das?«

Milla schüttelte entsetzt den Kopf.

»Sie war damals stellvertretende Direktorin der Schule und dafür verantwortlich, dass man Sascha entlassen hat. Ich war erst dreizehn Jahre alt, und für meinen Vater brach die Welt zusammen. Nach meiner Mutter, war sie die zweite Frau, die er verloren hat. Innerhalb von zwei Jahren hat er sich zu Tode gesoffen und ich kam zu Verwandten aufs Festland. Jahrelang litt ich darunter, so früh meine Eltern und meine Heimat verloren zu haben.

Ich hasste Thomas dafür, wurde krank, litt unter schweren Depressionen, kam in eine Klinik. Dort begegnete ich Susi, und als mir klar wurde, dass sie die Schwester des Mannes ist, der meine Familie auf dem Gewissen hat, hätte ich sie am liebsten umgebracht. So voller Hass war ich damals.

Als Susi dann Jahre später vor meiner Haustür stand, dachte ich im ersten Augenblick, dass sie verrückt geworden ist, zu mir zu kommen. Doch dann hat sie mir erzählt, warum Thomas damals so ausgerastet ist. Von ihr erfuhr ich, dass du diese verhängnisvollen Fotos gemacht hast und schuld daran bist, dass alles so furchtbar aus dem Ruder gelaufen ist. Es war eine schicksalhafte Begegnung für uns beide, für Susi und für mich.

Von da an, überlegten wir gemeinsam, wie wir dir alles, was du uns angetan hast, zurückzahlen könnten.«

Milla starrte von Theo zu Susi. »Dann seid ihr gar kein Ehepaar? Ihr seid nur zusammen, um euch zu rächen? An mir?«

Susi lachte. »Wir sind nicht verheiratet, nein. Aber ein Paar sind wir inzwischen, weil unsere gemeinsame Vergangenheit uns zusammengeschweißt hat – wenigstens eine gute Sache, die bei der ganzen gequirlten Scheiße herauskam.« Sie stieß die Luft aus. »Du hättest Fabienne dein Kunstwerk damals also lieber nicht zeigen sollen. Es war ihre Idee, deine entlarvenden Fotos überall in der Schule aufzuhängen. Ich weiß, du wolltest sie damals eigentlich nur an die Schulleitung schicken, damit man Sascha entlässt. Aber da hattest du die Rechnung ohne deine feine Freundin gemacht.«

Milla schluckte.

»Daher wusstest du es also?«

»Ja, das dumme Huhn hat es einem Ex anvertraut. Ich traf den Typen später zufällig, als ich gerade hier auf der Insel war. Er war sturzbetrunken und hat alles ausgeplaudert.«

»Und was ist mit Rene und Jannik? Die beiden sind tot. Das waren wohl auch keine Unfälle, hab ich recht? Habt ihr deren Tod auch geplant und inszeniert?«

Susi kickste verächtlich. »Da schau an, jetzt schnallst du es endlich. Ja, Theo hat mir geholfen, sie ihrer gerechten Strafe zuzuführen. Diese Schweine haben mit meinem Bruder bereits im Sandkasten gespielt und ihm später die Hölle auf Erden bereitet, nur weil er ein Homo war. Er wollte sie damals selbst erschießen. Doch die Arschgeigen waren an jenem Tag nicht in der Schule, wie du weißt.«

In Millas Kopf drehte sich alles. Sie musste Susi und Theo irgendwie dazu bringen, wenigstens Joe und die Kinder gehen zu lassen, sofern ihr Mann den heftigen Schlag mit dem Baseballschläger überhaupt überlebt hatte …

»Noch mal, Susi, ich versteh, wie verletzt und zornig du bist«, versuchte sie es, »aber Josie und Lenny haben nichts damit zu tun, was ich getan habe und wer ich bin. Ich glaube, Thomas würde nicht wollen, dass du ihnen wehtust.« Milla ahnte, dass sie sich womöglich um Kopf und Kragen redete, indem sie Susis Bruder ins Spiel brachte, aber ihr fiel nichts Besseres ein. »Bitte verschon sie!« Flehend blickte sie die alte Freundin an.

Doch in Susis Blick war keine Spur von Gnade erkennbar. Mit voller Wucht holte sie aus und trat sie in die Hüfte.

Milla schrie auf, krümmte sich, wandte sich an Theo, von dem sie mehr Erbarmen erhoffte. »Bitte, Theo, nicht die Kinder«, presste sie schmerzverzerrt hervor. »Erinnere dich, wie es dir ging, als du niemanden mehr hattest. Lass meine Kinder nicht für etwas bezahlen, was ich getan habe.«

Theo hob die Brauen, warf Susi einen Blick zu. »Was meinst du? Gibt es etwas, was Milla für uns tun könnte, damit wir die Kinder verschonen?«

»Lass mich mal überlegen.« Susi wiegte den Kopf hin und her, sah Milla an. »Ja, ich denke schon, dass es da etwas gäbe. Du wirst einen Abschiedsbrief verfassen. Darin wirst du bekennen, was du damals und was du heute getan hast.«

»Heute?«, brachte Milla gequält hervor.

Susi nickte, starrte sie aus engen Augenschlitzen an. »Du hast Fabienne getötet. Und deinen Ehemann.«

»Das wird niemand wirklich glauben«, stieß Milla hervor. »Warum sollte ich Joe umbringen?«

»Weil du es nicht mehr für dich behalten konntest, was du damals getan hast. Du hast es Joe gesagt und er hat dich dafür verurteilt. Er hat die Scheidung verlangt und angedroht, dir die Kinder zu nehmen. Das konntest du nicht zulassen. Und Fabienne hast du getötet, weil es ihre Idee war, die Bilder in der Schule aufzuhängen …«

»Sie ist … tot?«, fragte Milla mit zitternder Stimme.

Susanne nickte. »Ich hab es getan, kurz bevor ihr ankamt. Es war nicht geplant, dass sie so schnell krepiert. Sie sollte eigentlich schön langsam und qualvoll an ihren unbehandelten Verletzungen dahinsiechen. Noah war dabei, wie ich ihr den ersten leichten Schlag versetzt habe, den sie überlebt hat. So konnten wir ihn unter Druck setzen, mitzuspielen. Wir haben ihn glauben lassen, dass seine Mutter wieder gesund wird, wenn wir sie nur brav verarzten.«

»Was ihr nicht getan habt?«

»Nein, ich hab es zu Ende gebracht, nachdem Theo den Kleinen weggebracht und ihn gründlich genug eingeschüchtert hatte, damit er alles tut, was wir verlangen. Ach ja, mach dir keine Hoffnungen. Noah wird auch weiterhin für uns lügen, damit wir wenigstens seine Schwester und seinen Vater verschonen.«

»Was verlangt ihr von dem armen Jungen?«

»Ach nichts Großartiges. Er muss dich nur als Täterin identifizieren. Wir werden ihm sagen, dass er und seine Familie ebenfalls sterben werden, sollte jemals die Polizei nach Theo und mir fahnden.«

»Das werdet ihr bei meinen Kindern nicht schaffen. Sie werden nicht für euch lügen! Sie werden der Polizei sagen, dass ich niemals …« Milla stoppte abrupt, als ihr bewusst wurde, dass sie soeben einen furchtbaren Fehler gemacht hatte. Susi und ihr Freund waren vollkommen irre. Aber zwei Wahnsinnige darauf zu bringen, dass sie ihren Plan nicht perfekt durchdacht hatten, war bescheuert. Sie schloss die Augen, hätte sich am liebsten die Zunge abgebissen.

Sie beobachtete, wie Susi Theo ansah, der langsam nickte.

»Tja«, stieß Susi aus, »das war es dann wohl mit euren netten Kindern.« Als würde sie das bedauern, hob sie die Schultern. »Das Einzige, was du jetzt noch für sie tun kannst, ist, diesen Brief zu verfassen. Du wirst schreiben, dass du neben deiner alten Schulfreundin und deinem Mann auch deine eigenen Kinder umgebracht hast. Du bist eben vollkommen durchgedreht, hast überreagiert.«

Milla wurde speiübel. Sie schickte ein stummes Stoßgebet zum Himmel.

Plötzlich ertönte von oben ein lautes Stöhnen.

»Joe!«, schrie sie aus vollem Hals, obwohl sie wenig

Hoffnung hatte, dass er in seinem verletzten Zustand in der Lage wäre, sich gegen Theo und Susi zur Wehr zu setzen.

Ein Ruck ging durch ihren Körper. Sie musste was tun, musste ihren Teil zu ihrer Rettung beitragen.

Fieberhaft überlegte sie sich einen möglichen Bewegungsablauf. Sie wollte sich auf die Beine wuchten und wenigstens einen von beiden irgendwie verletzen. Doch sie kam nicht mal hoch. Susi drücke ihr sofort das Ende des Baseballschlägers auf die Brust. Dann zog sie mit der anderen Hand eine Waffe aus dem Hosenbund im Rücken, richtete sie auf sie.

»Halt sie in Schach«, befahl Theo. »Ich sehe besser mal nach meinem aufgewachten Kumpel.« Er verschwand Richtung Treppe.

»Du stehst auch langsam auf«, herrschte Susi sie an. »Wir bringen das jetzt zu Ende. Und denk dran, wer hier die Waffe in der Hand hat. Also los, steh auf, geh vor mir ganz langsam die Treppe nach oben und in die Küche. Dort setzt du dich artig an den Tisch und schreibst deinen letzten Brief. Wenn du machst, was ich sage, werde ich die Kinder sanft entschlummern lassen. Sie werden nichts merken, wenn sie auf die andere Seite gehen, okay? Deine Süßen werden einfach nicht wieder aufwachen. Solltest du jedoch rumzicken, wird zuerst Joe alles ausbaden müssen und danach Josie und der kleine Lenny. Und ich werde nicht besonders nett zu ihnen sein.«

Milla spürte, wie ihr bittere Galle in den Rachen schoss, schluckte dagegen an. Dann tat sie, was Susi verlangte, stieg Stufe für Stufe die Treppen hinauf.

Als sie es endlich geschafft hatte und oben im Gang ankam, sah sie Theo, der über Joe gebeugt stand und ihm ein Messer an die Kehle hielt.

Ihr Blick traf den ihres Mannes.

Sie wollte so viel zu ihm sagen: Dass es ihr unendlich leidtat, was jetzt mit ihm geschah. Wie sehr sie es bedauerte, dass die Kinder nicht erwachsen werden durften … dass sie ihr Leben nur zu gerne für sie alle geben würde.

Doch sie schaffte es nicht, auch nur ein Wort zu sagen.

Stumm ging sie an Joe vorbei, spürte Susannes Waffe im Rücken, registrierte, wie sie mit jedem Meter, den sie dem Küchentisch näher kam, ein wenig mehr Hoffnung verlor.

Das Spiel war vorbei. Sie hatten keine Chance, das Blatt noch zu wenden.

Joes Gesicht war zerschmettert und er konnte bereits im unversehrten Zustand keiner Fliege etwas antun. Er war zwar Anwalt, aber kein Pitbull und schon gar kein Raubtier, das gerissen genug war, seine Peiniger auszuschalten.

Menschen wie Joe waren zu gut für diese Welt.

Ergeben setzte sie sich an den Tisch.

Nach einem Augenblick des Innehaltens spürte sie den Lauf der Waffe an der Schläfe.

»Schreib oder Theo schneidet deinem Mann den Schwanz ab! Und danach sind die Kinder dran …«

Milla griff mit zitternden Fingern nach dem Stift, begann zu schreiben.

Als sie fertig war, reichte sie Susanne das Papier. »Was jetzt?«, stieß sie aus und wunderte sich über den monotonen Klang ihrer Stimme. Das war nicht mehr sie.

»Wir gehen raus in den Hof. Dort wirst du es zu Ende bringen.«

Milla ging voraus, fühlte wieder den Lauf der Waffe im Rücken, trat aus dem Haus.

Als sie Susi auf dem kiesig-sandigen Boden vor dem Haus gegenüberstand, hob sie die Schultern. »Nun mach schon. Drück ab!«

Susi lachte auf. »Für wie blöd hältst du mich?« Sie zog ein Klappmesser aus der Hosentasche, warf es ihr vor die Füße. »Du wirst dir entweder selbst den Hals aufschneiden, das geht schnell. Oder du nimmst die Pulsadern an beiden Armen. Deine Entscheidung … Solltest du aber irgendwelchen Blödsinn versuchen, feuere ich dir in den Kopf und für Theo ist das das Zeichen, Joe und deine Kinder ein wenig gröber zu behandeln.«

Milla nickte, bückte sich, ließ das Messer aufschnappen.

»Das Messer gehörte übrigens meinem Bruder«, sagte Susi mit harter Stimme. Dann sah sie in den Nachthimmel hinauf, lächelte. »Für ihn ist heute da oben ein Freudentag, das spüre ich. Er wäre so stolz auf mich!«

Milla sah Susi an, schüttelte den Kopf. »Ich kannte deinen Bruder und weiß, dass er so etwas niemals gewollt hätte. Nicht, wenn unschuldige Kinder im Spiel sind.«

Susis Gesichtsausdruck veränderte sich. »Sag nicht, dass du meinen Bruder kanntest! Ich bin die Einzige, die wirklich weiß, was er gewollt hätte! Und ich sage, er hätte genau das hier gewollt.«

Aufgeregt fuchtelte sie mit der Waffe herum. Für einen Augenblick befürchtete Milla, eine Kugel könnte sich lösen, was Joe da drinnen zum Verhängnis werden würde.

»Du hast natürlich recht«, stieß sie hastig hervor. »Ich hatte kaum mit ihm zu tun, im Gegensatz zu dir.«

Susanne nickte, ließ die Waffe sinken. »Nicht einmal unsere Eltern kannten ihn. Er war ein menschliches Wesen mit Gefühlen. Und ihr alle habt aus ihm dieses Monster gemacht. Das Monster, das zuletzt auch ihn getötet hat.«

Millas Hand umschloss das Messer, so fest sie konnte. Einen Augenblick lang spielte sie mit dem Gedanken, auf

Susanne zuzustürzen, sie zu überwältigen. Doch selbst wenn sie das schaffen würde, wäre da immer noch Theo.

Egal wie sie es drehte und wendete, es schien keinen Ausweg zu geben.

Schließlich setzte sie das Messer an ihrem linken Arm an, fing an zu schneiden.

Sie zuckte zusammen, als der Schmerz von ihrem Arm, bis in die letzte Faser ihres Körpers zu schießen schien.

Plötzlich ein Schrei …

Laut, schmerzerfüllt, animalisch.

Der Schrei eines Raubtieres, schoss es Milla durch den Kopf.

»Scheint, als wäre dein Joe nicht so brav gewesen wie du. Theo musste ihn wohl disziplinieren.« Susi grinste böse. »Dann geht es also nur noch um deine Kinder. Benimm dich und du kannst sicher sein, dass sie nicht leiden müssen. Nicht so wie er da drinnen.«

Milla, die inzwischen eine etwa zwanzig Zentimeter lange Wunde in ihren linken Unterarm geschnitten hatte, stöhnte, als eine Welle heftigen Schwindels sie erfasste.

»Jetzt der rechte Arm.«

Sie nahm das Messer in die linke Hand, doch sie musste zu tief geschnitten haben, schaffte es nicht, es in ihren Fingern zu behalten. Es entglitt ihr, fiel zu Boden.

Susi sah sie forschend an, nickte zufrieden. »Ich schätze, der eine Arm dürfte reichen. So dauert es halt ein paar Minuten länger.« Sie legte den Kopf in den Nacken, schien tiefe Befriedung zu empfinden.

Milla begannen die Sinne zu schwinden, als sie den Umriss eines Mannes aus dem Haus kommen sah. Er hatte einen Schläger in der Hand, wirkte aber keineswegs bedrohlich auf sie.

Als sie wie durch dichten Nebel registrierte, dass es nicht Theo war, der auf sie zustürzte, sondern Joe, zwang sie sich, trotz ihrer Euphorie, zu einem ängstlichen Gesichtsausdruck.

»Wie hast du es gemacht, Liebling?«, fragte Susi siegessicher, ohne sich umzudrehen.

»Ich hab ihm die verdammte Halsschlagader durchgebissen«, stieß Joe mit vor Zorn bebender Stimme hervor und ließ den Schläger mit voller Wucht auf Susis Kopf niedersausen.

Milla registrierte noch, wie Susis Augen aus den Höhlen traten und sie in die Knie sank.

Sie verzog den Mund zu einem Lächeln, sah Joe an, dessen Gestalt vor ihren Augen verschwamm.

»Du bist doch ein Raubtier«, stieß sie mit letzter Kraft aus. Dann wurde es schwarz.

EPILOG

Zwei Tage später …

»Erschrecken Sie bitte nicht«, sagte die Schwester freundlich und wies in Richtung Tür. »Er sieht schlimmer aus, als es ist.«

Milla nickte schwach.

»Kommen Sie rein!«, rief die Schwester.

Die Tür ging auf und Joe wurde von einem Pfleger im Rollstuhl an ihr Bett gefahren. Er sah wirklich wie das Leiden Christi aus. Doch er lächelte sie breit an, sofern man das, was sie sah, als Lächeln bezeichnen konnte.

Seine Nase war dick verbunden, genau wie ihre eigene. Doch im Gegensatz zu ihr waren auch seine Lippen aufgedunsen, eine Gesichtshälfte blau-violett geschwollen.

Milla schossen Tränen in die Augen.

»Schatz«, kam es näselnd und ein wenig schwammig von Joe. »Es geht mir gut. Die Nase ist hinüber, wird aber wieder. Und auch der Rest von mir wird wieder wie vorher. Es wird ein wenig dauern, aber die Ärzte meinen, dass sie es hinbekommen.«

Noch schniefend und mit den Tränen kämpfend streckte Milla die Arme aus. Joe verstand, fuhr näher zu ihrem Bett, sodass sie ihn berühren konnte. Er wuchtete sich aus dem Stuhl, umarmte sie, sah ihr tief in die Augen.

Sie versuchte, den Mund zu öffnen, ihm all das zu sagen, was ihr auf der Seele brannte.

Doch er schüttelte nur den Kopf. »Lass es, Schatz. Es war nicht deine Schuld.« Seine Stimme klang streng, er schien keinen Widerspruch zu dulden.

Sie verstummte, sah die Schwester an. »Kann ich bitte einen Augenblick mit meinem Mann allein sein?«

Diese nickte. Dann zog sie sich diskret zurück.

Als die Tür hinter der Schwester ins Schloss gefallen war, nahm Milla Joes Hand und drückte sie fest. »Danke!«

»Wofür?«

»Du hast uns gerettet!«

Er nickte ernst. »Das hätte jeder Mann für seine Familie getan. Und außerdem hatte ich Hilfe.«

Ihr Mund klappte auf. »Vom wem?«

»Noah …«

»Was hat er getan?«

»Er hat sein Leben und das seiner Familie riskiert, um uns beizustehen.«

»Wie? Er war doch eingesperrt.«

»Er ist aus dem Fenster seines Zimmers nach draußen geklettert. Er hat sich versteckt, hat alles mit angehört. Das von dem Blut im Keller, von Fabiennes Tod. Er muss gespürt haben, was die beiden wirklich vorhatten. Dass keiner von uns am Leben bleiben sollte. Und als Theo über mir gebeugt auf dem Boden kniete, hat Noah klammheimlich den Schläger genommen und ihn so für einen winzigen Augenblick abgelenkt. Ich wusste, dass das meine einzige Chance ist, und hab sie genutzt.«

Milla sah ihn mit offenem Mund an. »Du hast ihm wirklich in den Hals gebissen?«

»Ja. So fest ich es mit meinem lädierten Gesicht noch konnte. Ich hatte keine andere Möglichkeit, musste ihn irgendwie von mir runterbekommen. Als er sich den Hals hielt, hab ich sein Messer geschnappt und es zu Ende gebracht.«

»Dann ist er tot?«

Joe nickte.

»Und Susi?«

»Sie liegt mit einem Schädeltrauma im Koma. Niemand weiß, ob sie jemals wieder zu sich kommt. Diese beiden Arschlöcher haben sich mit den falschen Familien angelegt!«

»Was ist mit den Kindern?«

Joe lächelte. »Die sind beide okay.«

»Was ist mit Noahs Familie.«

Joe verzog das Gesicht. »Fabienne, Noahs Mutter, ist tatsächlich tot. Susi und Theo haben sie erstochen und im Fischweiher versenkt. Die Polizei ist im Moment dabei, ihren Leichnam zu obduzieren.«

Wieder kamen Milla die Tränen, doch Joe griff blitzschnell ihre Hand, drückte sie sanft. »Nicht du, sondern Susi hat sie umgebracht!«

»Wegen allem, was ich einst getan habe.«

»Aber du warst damals ein Kind, Schatz. Susi hingegen ist 35 Jahre alt und hat das alles von langer Hand geplant. Sie und Theo haben dich ausfindig gemacht, unsere Familie beschattet und so herausgefunden, dass ich begeisterter Angler bin. Theo hat mir damals unter anderem Namen via Facebook den Tipp mit diesem Internetforum gegeben. Er und Susi haben uns auf diese Weise ganz gezielt in die Falle gelockt.«

»Was ist mit dem Rest von Noahs Familie?«

»Seine Schwester und der Vater sind okay … Susi und Theo haben sie mit Medikamenten vollgepumpt in Schach gehalten. Als sie gefunden wurden, waren sie in ziemlich desolatem Zustand. Die verabreichten Mittel waren vor allem für das Mädchen viel zu stark. Aber inzwischen sind sie über den Berg und es geht es ihnen schon besser.«

Milla schloss die Augen. »Die armen Kinder. Ohne Mutter aufwachsen zu müssen, ist furchtbar.«

Joe nickte, sah ebenfalls traurig drein.

»Und Noah? Wie geht es ihm?«

Joe lächelte. »Das kannst du ihn gleich selbst fragen. Er wartet mit unseren Kindern draußen im Gang. Nachdem sein Vater noch hierbleiben muss, hab ich angeboten, mich solange auch um ihn zu kümmern. Immerhin ist er ein kleiner Held …«

»Ich wäre gerne hier, wenn Fabienne beerdigt wird. Das zumindest bin ich ihr schuldig.«

Joe sah sie eindringlich an. »Du bist niemandem etwas schuldig, Milla. Aber ich respektiere, dass du ihr auf ihrem letzten Gang die Ehre erweisen möchtest.«

»Dann ist es okay, wenn wir noch bleiben? Ich möchte auch den Familien von Jannik und Rene gerne persönlich sagen, dass die beiden nicht durch Unfälle ums Leben gekommen sind.«

Joe sog die Luft scharf ein. »Das hätte ich fast vergessen.« Er legte ihr eine Visitenkarte auf die Bettdecke. »Das ist die Nummer einer Polizistin. Sie sagt, ihr kennt euch von früher und sie bearbeitet diesen Fall. Du sollst sie anrufen, wenn du dich dazu in der Lage fühlst.«

Milla nahm die Karte, las den Namen, seufzte erleichtert auf.

»Eine ehemalige Schulfreundin?«

Sie schüttelte den Kopf. »Weder Freundin noch Feindin. Wir saßen zwei oder drei Bänke auseinander und gingen uns gegenseitig quasi am Arsch vorbei.«

»Klingt doch ganz gut, finde ich.«

Sie nickte. Auf eine weitere sogenannte *gute Freundin* hatte sie so schnell keine Lust mehr.

»Hast du es den Kindern gesagt?«

»Was meinst du?«

Sie sah ihn an. »Das alles, Joe! Warum es passiert ist. Ich finde, sie sollten es wissen.«

Er sah sie an und zum ersten Mal konnte sie die Miene ihres Mannes nicht deuten.

»Du willst ihnen alles sagen?«

Sie nickte. »Und Noahs Familie ebenfalls.«

»Warum?«

Sie schluckte, sah von Joe zur Tür, lächelte. »Wir alle haben ein neues Leben geschenkt bekommen. Eine zweite Chance, ermöglicht durch einen wahnsinnig mutigen kleinen Jungen, der vor wenigen Tagen seine Mutter verloren hat. Wenn ich darüber nachdenke, dass ich Noah als anstrengend empfunden habe, schäme ich mich in Grund und Boden.«

Joe nickte. »Genau dasselbe hat Josie vorhin zu mir gesagt.«

Milla schluckte gegen den Kloß in ihrem Hals an. »Wir sitzen nur dank Noah hier. Er hat uns gerettet. Wir sollten dieses wertvolle Geschenk nicht auf Basis weiterer Lügen und Heimlichkeiten annehmen.«

Joe dachte eine Weile darüber nach, nickte schließlich.

»Wann willst du es machen?«

Sie horchte in sich hinein, hob die Schultern. »Wie wäre es mit sofort?«

ENDE

GEWINNSPIEL

Liebe Leserin, lieber Leser, ***Das Rabenhaus*** ist mein 48. Thriller. Und natürlich freue ich mich sehr, dass es stetig mehr Leser werden :-)

Deswegen möchte ich auch diesmal wieder unter jenen meiner Leser, die nicht bei Facebook oder Instagram sind, ein Gewinnspiel veranstalten. Verlost werden insgesamt mehrere Preise (Buchpakete, Amazon-Gutscheine und vieles mehr) unter all meinen Newsletter-Abonnenten.

Wer mitmachen möchte und bereits meinen Newsletter abonniert hat, muss nichts weiter tun, da er automatisch im Lostopf ist und dies auch bei künftigen Veröffentlichungen sein wird. Alle anderen schreiben mir bitte eine Mail an:

autorin@daniela-arnold.com

und landen somit in meinem Newsletter-Verteiler und im Lostopf.

DANKSAGUNG

Ich danke meiner grandiosen Coverdesignerin Kristin Pang, für das tolle Cover! Auf eine weiterhin so fruchtbare Zusammenarbeit!

Ich danke meiner Lektorin Inca Vogt und meiner Korrektorin Ilka Bredemeier. Ihr habt wieder einmal eine wunderbare Arbeit geleistet. Danke für das tolle Teamwork mit euch.

Ich danke Inca Vogt, dafür, dass sie meinen Büchern ein so wundervolles Innendesign verpasst.

Ich danke all jenen Lesern und Kollegen, die mich bei der Coverauswahl und sonstigen Problemchen unterstützt haben. Ich drücke euch von Herzen und bestimmt kann ich das auch ganz bald wieder in der Realität. Hoffen wir auf nächstes Jahr, was Buchmessen angeht.

Ich danke euch Bloggern da draußen, für all das, was ihr für uns Autoren macht. Eure Arbeit und Mühe ist so wertvoll – danke sehr!

Ich danke meinen Kollegen für das offene Ohr in Hinsicht auf Klappentext-Bastelarbeiten (das ist wirklich keine meiner Stärken). Besonderer Dank geht vor allem auch an Inca Vogt, die neben dem Buch-Layout auch noch mit wachsamen Augen über den gesamten Text geht und im Zuge dessen, schon so manchen Klopper entdeckt hat.

Ich danke meinem Sohn, der, obwohl er meine Bücher nicht liest, dennoch Verständnis hat, wenn ich mich tagelang im Büro verbarrikadiere und zickig bin wie … (mir fällt gar kein Vergleich ein, so schlimm ist das manchmal).

Nicht zuletzt, danke ich meinen Freunden, die mich aufbauen, wenn ich am Boden bin.

Eventuelle Fehler, die meinen Protagonisten bei der Ermittlung unterlaufen sind, gehen übrigens einzig und allein auf meine Kappe oder sind meiner Fantasie geschuldet. Im Übrigen habe ich mir auch in diesem Roman wieder einige künstlerische Freiheiten genommen – welche selbstverständlich nicht verraten werden.

Über Mails mit Anregungen und Kritik freue ich mich unter:

autorin@daniela-arnold.com

LESEPROBE

Weitere Bücher von

Daniela Arnold

DIE RESIDENZ

Daniela Arnold

ÜBER DAS BUCH

EINE INSEL MITTEN IM NORDATLANTIK.
EINE HANDVOLL FREMDE MIT SCHWEREN TRAUMATA …
… MITTEN UNTER IHNEN EIN KALTBLÜTIGER KILLER.
UND KEINE CHANCE ZU ENTKOMMEN!

Careful Living - ein luxuriöses Retreat, das gut betuchten Menschen neben Ruhe und Entspannung eine bahnbrechende Therapie zur Heilung ihrer Probleme verspricht. Die perfekte Zuflucht für all jene, die dem Alltag entfliehen wollen.

Auch Johanne aus Kopenhagen kann sich glücklich schätzen, an diesem traumhaften Ort verweilen zu dürfen, um eine schwere Schuld aufzuarbeiten.

Doch dann wird die erste Leiche gefunden und das Paradies wird zur tödlichen Falle ohne jeden Ausweg …

PROLOG

2006

»Kann ich dir helfen?« Die Fremde wandte sich ihr lächelnd zu. »Dein Name ist Dinette, nicht wahr?«

Sie nickte, spürte, wie sie rot wurde, weil sie sich partout nicht an den Namen der anderen erinnerte. Was typisch für sie war. Sie hatte schon immer Probleme damit gehabt, sich Namen zu merken.

»Ich suche meinen Sohn«, gab sie daher nur zerknirscht zurück. »Er ist nicht mehr im Zimmer.«

»Ach ja, Tommes. Ist das nicht der Kleine, der diese Probleme hatte?«

Dinette nickte. »Die letzten Tage ging es ihm überhaupt nicht gut. Ich durfte immer nur ein paar Minuten zu ihm, weil er so schwach war.«

»Das ist ganz normal«, gab ihr Gegenüber immer noch lächelnd zurück. »Bei meiner Tochter hat es damals auch eine ganze Weile gedauert, bis die Prozedur anschlug. Aber dann ging alles ganz schnell, und heute …«, ihr Lächeln hatte jetzt etwas Versonnenes ..., »heute geht es ihr besser als jemals zuvor.«

»Das klingt verheißungsvoll«, sagte Dinette.

»Du hast meine Tochter doch gleich nach deiner

Ankunft kennengelernt. Sie hat dir dein Zimmer gezeigt.«

»Richtig«, sagte Dinette halbherzig, obwohl sie sich kaum an die Tochter erinnerte. Bei ihrer Ankunft hatte sie nur Augen und Ohren für ihren Jungen gehabt. Sie hoffte, dass die Frau ihr nicht anmerkte, wie wenig sie ihr Gerede über deren Tochter interessierte. Aber zumindest schien die Frau sich hier auszukennen und konnte ihr vielleicht helfen, Tommes zu finden.

»Ich muss ihn sehen«, stammelte sie.

»Deinen Jungen?«

»Ja, er muss doch irgendwo sein.«

»Sicher! Aber ehrlich gesagt, weiß ich auch nicht, wo er ist.«

»Ich versteh das nicht. Heute morgen war er doch noch im Zimmer. Pater Bishop war bei ihm und bat mich, ein wenig Geduld zu haben. Deswegen bin ich eine Weile herumgelaufen. Als ich zurückkam, war das Zimmer leer.«

»Vielleicht haben sie ihn umquartiert?«

»Möglich«, murmelte Dinette und hatte ein ungutes Gefühl, das sie sich nicht erklären konnte. Aber sie blieb höflich, nickte der Frau dankend zu. »Dann gehe ich mal und sehe, ob ich jemanden finde, der weiß, wo mein Junge ist.«

Die Frau nickte ihr lächelnd zu und für den Bruchteil einer Sekunde glaubte Dinette, in ihren Augen etwas aufblitzen zu sehen, dass sie nicht zuordnen konnte. Wenn es nicht absolut seltsam gewesen wäre, hätte sie es als etwas Dunkles beschrieben.

Reiß dich zusammen, redete sie sich ein und schob diese vermeintliche Beobachtung weit von sich. Aber ihr Körper reagierte unmittelbar. Ihr Mund wurde trocken. »Okay, danke noch mal«, stieß sie hastig aus, und alles in ihr schrie danach, wegzukommen, selbst auf die Suche zu gehen. Sie wandte sich ab, wollte ihrem Impuls nachgeben und davoneilen.

Doch die Frau hielt sie am Ärmel zurück. »Wenn du willst, rufe ich Maria und frage sie nach ihm. «

Dinette nickte, obwohl ihr beim Klang des Namens Maria ein eisiger Schauer über den Rücken lief.

Diese Maria – sie erinnerte sich daran, dass sie in Wahrheit einen völlig anderen Namen hatte – jagte ihr eine Heidenangst ein, obwohl sie beim besten Willen nicht sagen konnte, warum. Maria war genau wie die Frau vor ihr immer freundlich gewesen und hatte verständnisvoll auf die Probleme, die sie mit Tommes an diesen Ort gebracht hatten, reagiert. Dennoch fühlte sie sich in ihrer Gegenwart nicht wohl. Sie strahlte etwas aus, das sie nur schwer in Worte fassen konnte. Macht? Eine zu tiefe Einsicht in das, was in anderen vorging?

Ja, gestand sie sich ein, das passte.

Wenn Maria einen ansah, glaubte man, sie würde tief in das Innere jedes Menschen blicken und seine verborgenen Gedanken und Geheimnisse lesen.

Dinette beobachtete, wie ihr Gegenüber ein Handy aus der Tasche zog und eine Nummer wählte.

»Maria, ich bin hier bei Dinette«, begann diese das Telefonat. »Sie sucht ihren Jungen.«

Schließlich nickte sie, beendete das Gespräch und steckte das Gerät weg. Dann blickte sie auf. »Alles geklärt«, sagte sie. »Ich soll dich zu Sami bringen. Er fährt dich dann zu Tommes.«

»Was soll das heißen?«, fragte Dinette irritiert. »Wohin haben sie meinen Sohn gebracht? Wieso muss ich in ein Auto steigen, um zu ihm zu kommen?«

»Maria sagte, es sei ihm nicht gut gegangen, weshalb sie ihn zu einem Arzt gebracht haben. Er wird über Nacht dortbleiben, bis er wieder stabil ist.«

Dinette schossen die Tränen in die Augen. »Was war mit meinem Jungen?«

Ihr Gegenüber suchte den Blickkontakt. »Hör zu, Dinette. Du weißt doch genau, warum es Tommes schlecht geht! Wir haben es dir doch erklärt. Sein Körper ist vergiftet und wir helfen ihm dabei, dass er wieder gesund wird. Dass er wieder er selbst sein kann.«

Dinette nickte. »Aber was genau fehlt ihm, dass er zu einem Arzt musste?«

»Ich vermute, dass er einen Schwächeanfall hatte. Vielleicht einen kleinen Kreislaufkollaps. Genau wie meine Tochter damals.«

»Musste sie auch zum Arzt?«

»Ja, das versuche ich dir gerade zu erklären.« Die Frau nickte ihr zu, ohne sie aus den Augen zu lassen, nahm erneut ihren Arm, drückte ihn sanft. »Er wird wieder gesund, hörst du? Du musst nur fest daran glauben, genau wie ich es damals bei meiner Tochter getan habe.«

Dinette nickte tapfer, straffte die Schultern. »Und wo finde ich Sami?«

»Er wartet auf dem Parkplatz auf dich.«

Dinette sah Sami bereits von Weitem. Er lehnte an einem SUV, rauchte eine Zigarette. Und das, obwohl jegliche Arten von Drogen oder Genussmitteln an diesem Ort verboten waren.

Sie schätzte, dass er sich dank seiner engen Freundschaft mit Maria Freiheiten rausnehmen konnte, die bei jedem anderen undenkbar waren.

Sie ging auf ihn zu. »Ich bin Dinette.«

Sami nickte. »Weiß ich doch. Ich soll dich zu Tommes bringen. Steig ein.«

Sie wollte die Tür zur Beifahrerseite öffnen, doch Sami schüttelte den Kopf. »Es wäre mir lieber, wenn du hinten sitzt.«

»Klar«, gab sie zurück, öffnete die Wagentür, setzte sich auf die Rückbank.

Sami stieg ebenfalls ein, startete den Wagen.

Doch anstatt vom Parkplatz in Richtung der Schotterpiste zu fahren, von der aus man auf die Hauptstraße gelangte, legte er den Rückwärtsgang ein, wendete den Wagen, fuhr auf das geöffnete Garagentor zu.

Dinette runzelte die Stirn. »Was soll das? Ich dachte, wir fahren zu dem Arzt, bei dem Tommes behandelt wird.«

Sami antwortete nicht.

»He, wo willst du hin? Sag mir auf der Stelle, was hier los ist.«

Sami reagierte nicht, fuhr geradewegs ins Innere der großen Garage, drückte auf eine Art Fernbedienung. Als sich nur Sekunden später das Tor hinter ihnen schloss, spürte Dinette, wie ihr der Schweiß ausbrach. »Ich will, dass du mich zu Tommes bringst«, verlangte sie und trommelte aufgebracht mit den Händen gegen Samis Sitz.

Er stellte den Motor ab, drehte sich langsam zu ihr um und lächelte. »Aber das hab ich doch getan, Dinette. Ich hab dich zu ihm gebracht. Dein Sohn ist genau hier und er wartet schon auf dich.«

Sie schüttelte den Kopf, riss am Öffnungshebel der Tür. Doch ein Klicken verriet ihr, dass Sami die Kindersicherung aktiviert hatte. »Lass mich sofort hier raus!«, schrie sie zunehmend panisch. »Ich will jetzt zu Tommes! Er ist mein Sohn und er gehört zur mir.«

»Das weiß ich doch, Dinette«, sagte Sami mit sanfter Stimme. »Dein Junge und du, ihr werdet zusammen sein, für immer. Das verspreche ich dir!«

KOPENHAGEN

2006

Ihr Nokia summte, als sie gerade den Aufzug betreten wollte. Verärgert blickte sie auf die angezeigte Nummer. »Nicht jetzt, verdammt«, murmelte sie. Nahm den Anruf aber dann doch entgegen.

»Was?«, meldete sie sich so ungehalten, wie sie sich fühlte. Sie war ohnehin viel zu spät dran, um ihren wohlverdienten Feierabend wenigstens noch ein wenig zu genießen. Exakt zwei Stunden zu spät, die ihr wieder keiner als Überstunden anrechnen würde.

»Bist du noch im Haus?«, fragte Asger Poulsen.

»Wo denn sonst? Aber ich bin schon so gut wie weg. Der Spätdienst hat längst übernommen, ich hab nur noch paar Akten aufgearbeitet. Und ich will jetzt nur noch eins, nach Hause und endlich mal ausschlafen.«

»Nee, das willst du nicht«, entgegnete Asger. »Nicht, wenn ich dir sage, wohin wir fahren.«

Laja runzelte die Stirn. Asger klang aufgekratzt, aber auch ziemlich bestimmt.

»Komm zur Sache, Asger. Ich war seit zwei Wochen nicht mehr vor Mitternacht im Bett«, erklärte Laja. »Für Ratespielchen fehlt mir echt der Nerv.«

Asger am anderen Ende wurde augenblicklich ernst. »Du hast recht, entschuldige. Aber wir müssen ins Seaside. Angeblich hat sich dort eine junge Frau vor den Augen etlicher Gäste umgebracht.«

Laja versteifte sich. »Hab ich das richtig verstanden? Ein Suizid vor Augenzeugen?«

»Ganz genau.«

»Gibt es Verletzte?«

»Soweit ich weiß, nicht. Es gibt nur die tote Selbstmörderin.«

»Wieso sind wir nicht früher informiert worden? Hätte man die Tat nicht verhindern können?«

»Wahrscheinlich nicht«, antwortete Asger. »Du kennst doch das Seaside?«

»Ja, das ist eine Bar im Hafenviertel.«

»Ganz genau. Und dort ist es um die Zeit proppenvoll. Angeblich ist keinem die halb nackte, verstörte junge Frau aufgefallen, als sie reingekommen ist. Später sei sie zur Toilette verschwunden, wo es dann passiert sei.

»Was passiert?«

»Na, sie hat sich selbst umgebracht. Eine der Zeuginnen, die zur gleichen Zeit auf der Toilette waren, sagte aus, Sie hätte es nicht verhindern können.«

»Scheiße«, stieß Laja aus. »Wie alt ist das Opfer?«

»Keine Ahnung. Das Team der Spurensicherung ist auch gerade erst aufgebrochen.«

»Okay«, gab Laja leise seufzend zurück. »Ich warte unten am Wagen auf dich und rauche noch eine.«

»Du stinkst«, murrte Asger und warf ihr einen missbilligenden Seitenblick zu.

»Na schönen Dank auch«, gab sie zurück.

»Nicht nach Schweiß … Dein Atem. Du riechst wie

ein Aschenbecher. Kannst du die Scheißglimmstängel nicht mal im Dienst weglassen?«

Laja verdrehte genervt die Augen. »Das sagt der Richtige! Du hast doch selbst bis vor einem Jahr noch Kette geraucht.«

»Und jetzt kann ich den Geruch nicht mehr ab, na und?«

Laja hob die Schultern, sah zur Seitenscheibe hinaus. »Da musst du jetzt wohl durch«, murmelte sie leise. »Aber je schneller du fährst, desto eher hast du es überstanden.«

Asger grinste gutmütig. »Dich kann man total schnell hochschießen, weißt du das? Vielleicht solltest du mal Urlaub machen.«

»Um Himmels willen! Das würde ja bedeuten, dass ich eine gefühlte Ewigkeit auf deine geschätzte Gesellschaft verzichten müsste.«

Sie drehte sich zu Asger, grinste innerlich, als sie bemerkte, dass er sich seufzend geschlagen gab.

Na also, geht doch. Zufrieden lehnte sie sich zurück und schloss die Augen. »Weck mich, wenn wir da sind«, murmelte sie und kuschelte sich tiefer in ihren Sitz. Fast augenblicklich dämmerte sie weg.

Gefühlt nur Sekunden später wurde sie in ihrem Gurt nach vorne gedrückt, als der Wagen scharf bremste.

Sie riss die Augen auf. »Was ist los?«

»Da war ein Tier vor uns auf der Straße. Vielleicht eine Katze ...?«

Entsetzt blickte Laja nach draußen, dann zu Asger, der zufrieden vor sich hin grinste.

»Sag mal, spinnst du? Das hast du doch inszeniert! Was soll das? Gönnst du mir nicht mal eine Minute Schlaf?«

»Ja, ist schon frech, dass die junge Frau sich

umbringt, obwohl du dringend deinen Schönheitsschlaf brauchst.«

Sie fiel in sein Lachen ein, boxte Asger spielerisch in die Seite. »Ich mag deinen Humor, Kumpel.«

Das Lachen verging ihr, als sie von Weitem die bunten Lichter des Hafenviertels sah. Sie war jetzt seit zehn Jahren im Polizeidienst, hatte schon so einiges gesehen, dennoch tat sie sich bei Tatortbegehungen immer noch schwer. Der Anblick toter Menschen war etwas, woran sie sich wohl nie gewöhnen würde. Jeden von ihnen hatte es mitten aus ihrem Leben gerissen, ob durch eigene oder fremde Hand.

Beim *Seaside* angekommen, stellte Asger den Wagen auf einem der freien Behindertenparkplätze ab. Sie stiegen aus und eilten auf den Eingang zu, vor dem sich eine Menschentraube gebildet hatte. Ihre Ausweise zückend, kämpften sie sich durch die Menge bis zur Tür durch, traten ein.

Auch im Innern der Bar herrschte Aufruhr. Die Musik war aus, die Leute standen in Grüppchen beieinander und tuschelten. Vereinzelt nahm Laja ein paar junge Frauen wahr, die weinten oder scheinbar unter Schock standen.

Sie eilte voraus zur Bar und winkte den Kellner hinterm Tresen zu sich, zeigte ihm ihren Dienstausweis. »Könnten Sie uns bitte zum Tatort begleiten?«

Der Mann schluckte sichtbar, nickte aber.

»Ich kann sie hinbringen, aber ich geh nicht mit rein. Ich kann kein Blut sehen.«

»Keine Sorge, das müssen Sie nicht«, beschwichtigte Laja ihn. »Bleiben Sie einfach in der Nähe, falls wir Fragen haben.« Unterwegs zu den Toiletten fragte sie den Barkeeper nach den Kollegen der Spurensicherung.

»Die sind schon hinten«, erklärte er.

Als sie in einen schmalen und mit Neonlicht ausgeleuchteten Gang traten, in dem es nach Urin und Seife roch, erlöste Laja den immer nervöser werdenden Barkeeper. »Wir kommen jetzt klar, danke.«

Der Mann machte auf dem Absatz kehrt, während Laja neben Asger auf die Tür der Damentoilette zulief. Bevor sie eintraten, zog sie ein paar Einmalfüßlinge und Handschuhe aus ihrer Tasche und streifte sich beides über. Ihr Kollege tat es ihr gleich.

Danach betraten sie den engen Vorraum. Emil, ein Kollege der Spurensicherung, kam ihnen entgegen. »Kein schöner Anblick«, warnte er. »Da drin sieht es aus wie im Schlachthaus.«

Er eilte an ihnen vorbei nach draußen.

Als Laja den Waschraum der Toilette betrat, sah sie, dass Emil nicht übertrieben hatte. Das sah nicht nur aus wie im Schlachthaus, es roch auch so. Die Blutspritzer waren überall. An den Waschbecken, an den Fließen, auf dem Boden, auf dem sich eine rote Lache gebildet hatte.

Laja atmete tief durch und versuchte, sich vorzustellen, was hier passiert sein konnte. Ein Mann im ärmellosen Shirt und in Jeans näherte sich ihnen.

»Sie hat sich mit einer Spiegelscherbe die Halsschlagader durchtrennt«, erklärte er.

»Wer sind Sie?«, fragte Laja.

»Ich bin Arzt«, erklärte der Mann, ohne seinen Namen zu nennen. »Ich bin mit Freunden hier, hab mitbekommen, was passiert ist. Ich wollte die Blutung noch stoppen, doch es war zu spät. Sie muss innerhalb von Sekunden verblutet sein.«

Laja sah sich um, entdeckte den zerstörten Spiegel über einem der Waschbecken. Eine spitze, etwa zwanzig Zentimeter lange Scherbe fehlte.

»Damit hat sie es getan«, sagte der Arzt, ihren Blicken folgend, und stieß hart den Atem aus. »Kaum zu glauben, dass sich jemand etwas so Grausames antut.«

Asger nickte nur stumm und versuchte, wie Laja auch, sich ein erstes Bild von der Leiche zu machen.

Die junge Frau war nur mit Slip und Shirt bekleidet, trug nicht einmal Schuhe. Ihre Beine waren vollkommen verdreckt, genau wie ihre Arme. Das lange Haar wirkte ungepflegt, verfilzt und war blutdurchtränkt.

Doch Lajas Blick blieb an dem Gesichtsausdruck hängen. Trotz des grausamen Dahinscheidens der jungen Frau wirkten ihre Gesichtszüge entspannt, fast friedlich. Ihr schien es, als sei dieses arme Lebewesen im Augenblick seines Todes vollkommen mit sich im Reinen gewesen.

»Was hat sie wohl zu dieser Verzweiflungstat getrieben?«, fragte Laja leise und mehr zu sich selbst.

Der Arzt nickte ihr zustimmend zu. »Ach ja, es gibt eine Augenzeugin. Eine junge Frau hat alles mit angesehen. Sie muss irgendwo da draußen sein.«

»Okay, danke«, wandte Laja sich ihm zu. »Könnten Sie vielleicht hierbleiben und warten, bis der diensthabende Arzt kommt? Vielleicht hat er Fragen an Sie, bevor er den Totenschein ausstellt.«

»Wie ist Ihr Name?« Laja sah die Zeugin freundlich an.

»Fria«, sagte die junge Frau und schniefte leise vor sich hin. Der Schock stand ihr deutlich ins Gesicht geschrieben. Laja machte sich in Gedanken eine Notiz, der Frau nach Ende ihrer Aussage ein Gespräch mit jemandem von der Opferbetreuung anzubieten.

»Gut, Fria, setzen wir uns doch«, bot Laja an und wies auf einen etwas abgelegenen Tisch, wohin sie die Zeugin begleitete. Nachdem sie Platz genommen hatten, sah sie, dass Fria ihre Hände immer wieder gegeneinanderrieb, in einer Geste, die sie an einen Waschvorgang erinnerte.

»Ich kenne die Frau nicht«, begann sie dazu passend, als müsse sie sich von jedem Verdacht freisprechen.

»Keine Sorge, ich befrage Sie als Zeugin«, ging Laja betont leise sprechend darauf ein. »Erzählen Sie mir einfach mit Ihren Worten, was passiert ist.«

Fria hielt in ihrer Bewegung inne, entspannte sich leicht. »Sie stand plötzlich neben mir, als ich mir die Lippen nachschminken wollte.«

»Welchen Eindruck machte sie auf Sie?«

»Sie war seltsam.«

»Warum das?«

»Sie war nahezu nackt, bis auf die Unterwäsche. Das war schon ziemlich komisch.«

»Haben Sie sie angesprochen?«

»Nein, nur beobachtet. Sie starrte sekundenlang in den Spiegel und zitterte am ganzen Körper. Und dann …«, Fria brach ab, schien sich sammeln zu müssen, »dann hat sie mit der Faust in den Spiegel geschlagen.«

»Was war danach?«

»Sie hat eine der Scherben herausgefummelt, sie angesehen und in der Hand gehalten.«

»Hat sie was gesagt?«

»Erst als ich sie angesprochen habe. Ich fragte sie, ob sie Hilfe braucht, ob ich jemanden rufen soll, einen Arzt. Oder einen Freund. Doch sie reagierte nicht mal.«

»Und anschließend?«

»Sie hat sich das spitze Ende der Scherbe an den Hals gedrückt und geweint. Ich hab noch versucht, sie aufzuhalten, hab auf sie eingeredet, und dann fing sie auf einmal an zu sprechen.«

»Sie hat Ihnen geantwortet?«

»Nein, mich hat sie auch da noch nicht beachtet. Sie

hat mit sich selbst gesprochen. Es ging darum, dass Selbstmord eine Sünde ist.«

»Das hat sie gesagt? Wörtlich?«

Fria nickte heftig. »Sie murmelte es die ganze Zeit. *Selbstmord ist eine Sünde*… immer und immer wieder.«

»Aber trotzdem hat sie dann zugestochen?«

»Nicht sofort. Sie hat kurzzeitig die Scherbe sinken lassen und ich dachte schon, sie hätte sich gefangen. Doch dann sah sie mich an und lachte total irre. Sie schrie, dass es in der Hölle auch nicht schlimmer sein könne als hier, und dann hat sie es einfach getan.«

Printed in France by Amazon
Brétigny-sur-Orge, FR

29586792R00141